ガッちゃん
グラシエラ

フロレンシ
リオン
デルマ

「信じられないほどフワフワで、とってもおいしいです……！」
「そう、よかった」

泥船貴族のご令嬢

～幼い弟を息子と偽装し、隣国でしぶとく生き残る！～

1

江本マシメサ
イラスト：天城望

目次

第1章　ありえない人生のカーテンコール

空が澄み渡った、二十五歳の誕生日を迎えた今日、私の首は衆目の前で飛ばされた。

先に罪もない弟フロレンシの首が刎《は》ねられ、慟哭《どうこく》する中での死刑執行だった。

私に対する人々の罵声や執行官の乱暴な怒号よりも、最後まで傍《そば》にいてくれた蜘蛛妖精《アラニャ》であるガラトーナ——ガッちゃんの必死な声が耳に残っていた。

『ニャッ！　ニャニャニャ———!!』

ごめんなさい、ガッちゃん。ずっと一緒にいようって、話をしていたのに……。

人生という名の舞台に上げられた重たい緞帳《どんちょう》が、他人の手で強制的に下ろされていく。私の人生なのになぜ？　という疑問を感じる暇もない。

死という底なし沼に、私の体は沈んでいった。

◇　◇　◇

『ニャニャニャニャニャニャ————!!』

耳元でガッちゃんの叫びが響き渡る。

とても大人しい子なのに、こんなに鳴くなんて初めてではないだろうか。

なんて考えているところでハッとなる。

私は先ほど、処刑されたはずだった。

罪人は死んだら地獄界《インフェルノ》へ堕《お》ち、永遠にマグマの中で苦しむという話だったが……？　痛くも辛《つら》くもない中で目覚める。それよりも、気になることがあった。

「ガッちゃん、どうしてここにいますの!?」

『ニャ!!』

ガッちゃんのメレンゲみたいに白く、綿のようにフワフワの体が、顔面に飛び込んできた。

私の頬に体をスリスリすり寄せ、何やら喜んでいる様子である。

まさか、ガッちゃんは私を追って地獄界までついてきてしまったのか？

「ガッちゃん、いけませんわ！　今すぐ元いた場所に戻って――」

起き上がって説得しようとした瞬間、違和感を覚える。

私が今いるのは、清潔なシーツが広げられた寝台の上。

とても地獄界のマグマの中とは思えない。

「ここは……!?」

見覚えがある、五年もの間足を踏み入れていなかった我が家だ。

「いったいどういうことですの？」

頬に手を当てた瞬間、私は気付く。

魔力の使いすぎでボロボロだったはずの肌が、すべすべだったのだ。

「え――――!?」

事情聴取を行うさいに剝《は》がされた爪もきれいな状態で、見慣れた荒れた手はどこにも見当たらなかった。

「ガッちゃん、わたくし、どうなってしまいましたの!?」

『ニャ』

ガッちゃんは手鏡を持って私のもとへ戻ってくる。鏡で自分の様子を確認しろと言いたいのだろうか。

最後に自身の姿を鏡で見たのはいつだったか。

顔色は青白く、目は落ちくぼみ、濃い隈《くま》が浮かんでいた。頬《ほお》は痩《こ》け、手足はガリガリだったのだ。

かつての私を知る者達は口を揃《そろ》えて別人のようだ、なんて言っていたのを思い出す。

差しだされた手鏡を受け取り、恐る恐る顔を覗《のぞ》き込《こ》んだ。

「こ、これは!?」

藁《わら》みたいだった長い金髪には艶が戻り、失明しかけていた青い瞳には光が戻っている。ガサガサだった肌は絹のように滑らかで、ひび割れていた唇もふっくらしていて血色もいい。

本当に信じがたい話だが、鏡に映った私は若返っていた。

混乱しつつも寝台から飛び下り、寝室に置かれていた七曜帳《カレンダー》を確認する。

すると、信じがたいような日付を目にしてしまう。

聖暦一八八〇年、睦ノ月の第二週、火食鳥《ひくいどり》の曜日。

「処刑された日から、五年前――!?」

ということは、今の私は二十歳に戻ったということになる。

そして、父が亡くなる二ヶ月前でもあった。

ドレッサーの引き出しを開けると、叔父に奪われたメンドーサ公爵家の家紋入りの懐中時計があった。

「もしかして、時間が巻き戻っていますの!?」

『ニャッ!』

ガッちゃんはそうだとばかりに返事をする。

私とガッちゃんの身に、いったい何が起こったというのか。

いいや、私達だけではない。

「ということは、フロレンシは!?」

私より先に処刑された幼い弟フロレンシ――彼の首が飛んだ瞬間の記憶は、私の脳内にはっきりこびりついている。

慌てて部屋を飛びだし、フロレンシの寝室を目指す。寝間着姿であるものの、なりふりなんて構っていられない。

まだ外は薄暗く、早朝と言えるような時間帯だ。使用人は階下《かいか》で働くばかりで、顔を合わせることはないだろう。

フロレンシの寝室に行き着き、扉を開くと寝台に駆け寄る。

「すーー、すーー、すーー……」

処刑された時よりも幼いフロレンシが、健やかに眠っていた。

心の奥底から安堵《あんど》したのと同時に、これは夢なのではないか、と思ってしまう。

自分自身の頬を思いっきり抓《つね》ってみたが――。

「い、痛い！」

これは夢の中ではない。

ズキズキと痛む頬が、現実だと教えてくれた。

「こ、こんなことが起きるなんて」

眠るフロレンシに縋《すが》るようにわんわん泣いていたら、起こしてしまった。

「グラシエラお姉様、どうかなさったのですか？」

私のせいで目覚めてしまったにもかかわらず、フロレンシは怒らずに優しく声をかけてくれた。

「怖い夢でもみたのですか？」

そうだ。これまであったことは、悪い夢だったに違いない。

フロレンシを抱きしめながら、私は涙が涸《か》れるまで泣いた。

◇　◇　◇

悪夢は父が亡くなるところから始まる。

父の容態は安定しているという医者の言葉を信じていたのに、突然命を散らしてしまった。

不意に訪れた別れに意気消沈し、何をしていいのかわからなくなった私のもとに現れたのは、叔父一家だった。

叔父ガエル、その妻ロミーナ、従妹《いとこ》のソニア。

彼らは私に寄り添い、励まし、優しい言葉をかける。

それが悪魔の所業とも気付かず、私はやすやすと信じてしまったのだ。

これが、不幸の訪れだったように思える。

父の葬儀は叔父が喪主を務め、滞りなく終えた。

その後も、叔父は落ち込む私を心配するだけでなく、元気づけてくれた。その行為に下心があったなんて夢にも思っていなかった。

それゆえ、しばらく公爵家執務は任せてくれと言う叔父の提案を受け入れ、さらに事務作業がしやすいよう、当主の証《あかし》であるメンドーサ公爵家の家紋入りの懐中時計を渡してしまったのだ。

そこから、私とフロレンシの人生は急下降した。

叔父曰《いわ》く、屋敷はたくさんの人達が押しかけてくるから静かに過ごせるように、と使用人が寝泊まりしていた離れに移るように言ったのだ。

父の死が受け入れられず、気落ちしていた私とフロレンシは、それが叔父の優しさだと勘違いし、住まいを移した。

初めこそメイドが衣食住の世話をして、料理は三食用意されていたものの、しだいに扱いが変わっていった。

メイドがいなくなり、食事が一回になり、ついには一食も届かなくなる。

不思議に思ったものの、本邸に足を運んだら食事を分けてもらえた。

慈善活動を通して炊事、洗濯などもできたし、シスター達からお菓子作りも習っていたのだ。

フロレンシとふたり、慣れない家事をしつつ、静かに暮らす毎日だった。

ただ、ほんの少しだけ「どうして？」と思う日もあった。

けれども叔父も慣れない仕事の連続で、私達に気を回している余裕はないのかもしれない。

そう信じていた。

おかしいと確信したのは、メイドから食事を渡すのを拒否された日からである。

メイドははっきりと、「あんた達の食事はないって、当主様が言っていたんだよ」と口にした。

いったいどういうことなのか。叔父に話を聞きに行ったところ、まさかの展開となる。

叔父は私に、メンドーサ公爵家の当主になったことを告げたのだ。

正式な継承者はフロレンシだ。なぜ、叔父が当主になっているのか。

代理人ならばわからなくもないのだが。

もしかしたらフロレンシが成人するまでの間だけ当主を務めてくれるのかと聞いたら、叔父は首を横に振る。当主の座は自分のものだ、と言ってのけたのだ。

ここでようやく気付く。

叔父はメンドーサ公爵家を乗っ取るために、父の死で弱りきった私達のもとへやってきて、親切な振りをしたのだ。

なんでも叔父は国王陛下からの〝お墨付き〟も手にしたようで、メンドーサ公爵の任命書を見せびらかした。

おそらくだが、上手《うま》く立ち回ったのだろう。

話はそれだけではなかった。

ここを出ていくか、これからも離れで暮らすかの二択を迫られたのだ。屋敷での暮らししか知らない私達が、外で暮らしていけるわけがない。

離れでの暮らしを続けるしかなかった。

叔父は離れで暮らす私達に、高額な家賃を要求してきた。

どこかで家庭教師をするか、高貴なご夫人相手にコンパニオンになるか、などと悩んでいるところにとんでもない提案を伯母がしてくれた。

なんと、従妹のソニアの専属侍女になればいい、と提案してきたのだ。

余所《よそ》の家で働くには紹介状が必要になる。叔父はきっと書きたがらないだろうと思い、私はソニアの侍女になった。

それからというもの、酷《ひど》い日々を送っていた。

ソニアはこれまで以上に横柄で高圧的な態度を取るようになった。

紅茶がまずいだの、わざわざ並んで買ってきたお菓子が気に入らないだの、ドレスを選ぶセンスがないだの。

ソニアに怒鳴られなかった日はなかったように思える。

その行為は日に日にエスカレートし、ソニア自身の機嫌が悪い日は、憂さ晴らしをするように暴力を振るわれるときもあった。

気取った言葉遣いが気に食わない、服の着こなしが上品ぶっている――なんて言いがかりを付けて、力いっぱいの平手打ちをお見舞いしてくれる。

私の頬が真っ赤に腫れていても、周囲の人達は見て見ぬ振りをしていた。

まるで幽霊にでもなったようだ、と思ってしまう。

唯一の味方だった婚約者のアントニーも、ソニアに心奪われ婚約破棄を言い渡してくる。

なんと彼はソニア以外にも関係があった女性がいたらしく、隠し子まで存在していた。

誠実感のカケラもないアントニーを信じ、心の拠《よ》り所《どころ》にしていた自分自身がバカみたいに思える。

絶望する私に追い打ちをかけるように、とんでもない事件が起きた。

ソニアの要望を受けて注文したドレスに、レースやリボンなどの装飾が一切ついていない状態で届いたのだ。

たしかに要望どおり注文したはずなのになぜ？　裁縫店に問い合わせに行くも、明日は夜会がある日で忙しいからか、従業員は取り合ってくれなかった。

激昂《げきこう》したソニアは、死んで詫《わ》びるように言い渡す。

フロレンシを遺《のこ》して死ぬわけにはいかなかった私は、奥の手を使った。

それは、幼少期から仲良くしている蜘蛛妖精ガッちゃんが使う〝蜘蛛細工《テラニャ》〟。

蜘蛛細工は私の魔力を媒体とし、ガッちゃんが魔法の糸を作り出す。そして、私の想像力と糸が連動し、レースを編み上げるという魔法だ。

蜘蛛細工を使ってソニアのドレスを仕立て直したところ、彼女の機嫌は直った。

夜会でレースを使ったドレスは大絶賛されたらしく、ソニアはちやほやされて気持ちよかったらしい。

ホッとしたのも束《つか》の間《ま》のこと。

レースをどこの工房に頼んだのか、という問い合わせの手紙がメンドーサ公爵家に殺到した。

それを知った叔父と叔母は、レースを商品にすることを思いついた。

家賃は払わなくてもいいから、レース編みをするように命じたのである。

これからはソニアの罵声を浴びたり、暴力を振るわれたりすることもなくなる上に、フロレンシと過ごす時間も多くなるだろう。

そんなわけで、私は離れに引きこもって、レースを紡ぐこととなる。

ソニアの侍女をするよりも、負担は減るだろう。そう思っていたが、まったくの見当違いであった。魔力の使いすぎで髪はパサパサになり、肌は荒れ、唇はカサカサになった。

頬は痩け、手足は枯れ枝のようにやせ細っていく。

まだ若いのに、老婆のようだと叔父一家に言われたのは一度や二度ではない。

毎日くたくたになるまでレースを編んで、泥のように眠る。

このように辛《つら》い日々を過ごしていたが、フロレンシは私と過ごせる時間が増えたと喜んでいた。

それだけはよかった点だった。

彼について、せめて教育を受けさせてほしいと叔父に訴えたものの、教育に使うお金なんてないと言われてしまう。

ならば私が少しでも勉強を教えなければならないと、早起きして教材を作った。

外で遊んで体力も付けさせなければならない。

ちょうど、使用人の子ども達と仲良くなったというので安心していたら、ある日泣いて帰ってきた。これまで仲良くしていたのに、急にいじめられたという。

おそらく、叔父の命令なのだろう。子ども相手に酷いとしか言いようがない。

それからフロレンシは私にべったりになった。

これまであまり一緒にいられなかったので、私もフロレンシと過ごす時間は幸せでしかなかった。けれども、頼る相手が私しかいないという状況も困りものだ。

慈善活動をさせて、外の世界を知ってもらえばいいのか。なんて考えているところに、フロレンシの病気が発覚する。

父と同じ症状だった。医者は若いのですぐに完治すると言ったが、容態はどんどん悪化の一途を辿《たど》る。

高価な薬ならば即効性があると叔父が言うので、大量のレースと引き換えた。

体が限界だと訴えても、フロレンシのためならば気力で頑張れたのだ。

このような生活を四年続けたある日、私の魔力は尽きかけ、蜘蛛細工で糸を作れなくなってしまった。しばらくは手でレースを編んでいたのだが、目を酷使しすぎたせいで、ほとんどの視力を失う。

目がはっきり見えなければ、精緻なレースを編むことはできない。

叔父はすっかり使い物にならなくなった私を「役立たずだ!!」と詰《なじ》り倒し、代わりに届けられた品物をなんでも屋〝フルットプロイビート〟に売りに行くように命じたのだ。

〝禁断の木の実〟を意味する店では、本当になんでも売買されていた。

人の血肉から禁書、奴隷まで、売っていない品はないほどだった。

私はほぼ毎日、なんでも屋で叔父が売ってくるように命令された首飾りや腕輪などの宝飾品を運んでいたのだ。

視力がない中、壁を伝い、馬車に轢《ひ》かれそうになりながら〝フルットプロイビート〟を目指すのは辛い日々だった。けれども、フロレンシのために、と自らを奮い立たせ頑張った。

五年目のある日、隣に位置する海の国〝ビネンメーア〟の王妃の私物が、売りに出した品々の中にあったことが発覚した。

これまで届けられていた品はすべて盗品だったのだ。私はそうと知らず、せっせと運んでいたわけである。

国家間の盗難騒ぎに、ビネンメーア王は激怒したらしい。

結果、叔父ではなく、私が事件の主犯として捕らえられた。

私だけでなく、フロレンシも連行されたと耳にしたときは絶望から喉《のど》を掻《か》き毟《むし》ってしまったほどである。

その後、ビネンメーア王の怒りを一刻も早く鎮めようと思ったからか、私の処刑はすぐに決まったという。

私とフロレンシは断頭台に立ち——無惨にも殺されてしまった。

◇◇◇

以上が、私がみた悪夢である。

ただこれを、夢だと片付けるつもりはない。

フロレンシの死を目の当たりにした恐怖と悲しみ、そして叔父一家に利用されたおぞましい記憶は鮮明に私の脳裏にこびりついているから。

安定しているように見える父の容態は突然悪化するかもしれないし、メンドーサ公爵家を狙う叔父一家は今頃すぐ傍で息をひそめている可能性がある。

涙を拭い、立ち上がる。

私にめそめそしている時間はないのだ。

二度と同じ過ちは犯さない。そのためには、父が亡くなる前にやることが山のようにあった。

あれは忘れもしない、聖暦一八八〇年、睦ノ月の第二週、火食鳥《ひくいどり》の曜日にあった出来事。

それは早朝、庭で飼育していた鶏が鶏舎で大暴れし、卵の回収ができなかったのだ。

生まれて初めて、朝食に卵料理が並ばなかった日の話である。

もしも本当に時間が巻き戻っているのならば、今日の食卓に卵料理が並ばないはずだ。

ドキドキしながら食堂へ向かう。

食卓に目を向けると――ドクンと胸が高鳴る。広いテーブルには、普段なら必ずあるはずのゆで卵がなかった。

私の探るような視線に気付いたからか、執事が申し訳なさそうに言った。

「グラシエラお嬢様、申し訳ありません。今朝方鶏舎で鶏が暴れたようで卵が回収できず……」

やはり、私の人生は時間が巻き戻っているようだ。

落ち着かない心のまま、朝食を口にする。

オレンジ一切れで、胸がいっぱいになってしまった。


私には時間がない。不幸な未来を回避するため、一刻も早く行動に移そう。まずはメンドーサ公爵家の地位と財産について、先手を打たなければならない。

現在、メンドーサ公爵家の執務は私に一任されている。けれども、権利関係は父を通さないとどうにもならない。

父は容態が安定しているといっても、一日中寝台で臥《ふ》せっているような状況だ。

油断はできない病状である。

父との話し合いは後回しにしないほうがいい。

今日はいつになく調子がいいと執事から聞いていたので、父と話すことに決めた。

「お父様、今日は顔色がよろしいですわね」

「ああ、そうだな。完治も近いかもしれない」

「ええ」

起き上がる気力はないようだが、話をする元気はあるらしい。

時間が巻き戻る前の私ならば、よかったで終わらせていただろう。

この機会を逃すわけにはいかなかった。

寝台の横に置かれた椅子に座っただけなのに、父は私がただ様子を見に来たのではないと察したようだ。

「グラシエラ、今日はそのように改まって、どうしたんだ？」

「実は、お父様にいくつか〝お願い〟がございまして」

「そうか。なんでも叶《かな》えようではないか」

これまで私は父に頼み事をした覚えがない。あったとしても、一緒にお茶を飲みたいとか、フロレンシと三人でお出かけしたいとか、ささやかなものばかりだった。

そのため、父は何を頼むか聞かずに安請け合いしたのだろう。

父は厳しいところもあるけれど、いつでも家族を第一に考えてくれる。

そんな父が生きていたら、あの悪夢のような日々は過ごさずに済んだのに。

どれだけ嘆いても、病は父の体を確実に蝕《むしば》む。

何もかも奪われる前に、私は大切なものを守らなければならない。

背筋をピンと伸ばし、居住まいを正す。

息を大きく吸って吐き――父にお願いをした。

「フロレンシが成人するまで、メンドーサ公爵家の地位や財産を凍結し、国王陛下に預けるように取り計らっていただけますか？」

現在、父は執務に就けていない。すべて私が公爵家を掌握し、決裁しているのだ。

それらの業務は私が、婚約者であるアントニーと結婚したあと、彼が取り仕切る予定だった。

時間が巻き戻る前、父が亡きあと公爵家は叔父ガエルに乗っ取られ、アントニーは従妹のソニアと関係を持ち、私を裏切る。

それらの不幸を引き寄せたのは、メンドーサ公爵家の地位と財産なのだ。

ひとまず、それらを国王陛下に預け、彼らが悪用できないようにしたい。

今、それらを凍結したら、父も公爵位を手放すことになる。

耳に痛い話だろうが、なんとしてでも叶えてもらいたい。

父は目を見張り、理解できないという表情で私を見つめていた。

「公爵家の財産を凍結するとなれば、これまでどおりの暮らしは難しくなるだろう。その辺はどのようにしようと考えている？」

「しばらくはお父様がくださった、生前贈与を切り崩して暮らすつもりですわ」

父は何かあったときのために、と数年遊んで暮らせるほどの財産を残してくれている。これは私個人の資産で、メンドーサ公爵家の財産が凍結となっても、取り上げられることはないだろう。

ふと、思い出す。この生前贈与金も、時間が巻き戻る前は葬儀代と傾いた公爵家を立て直すためだと言って叔父に奪われてしまったのだ。

葬儀代はそんなにかからないし、公爵家はそもそも傾いていなかった。父の死を目の前にして、私の判断能力は鈍っていたのだろう。今度はそんな過ちなんて犯しはしない。

ちなみに、フロレンシの教育費も彼個人の資産として確保されている。いい教師をつけ、後継者教育をするために、知識と教養を叩《たた》き込まなければならないだろう。

「フロレンシがある程度育ってきたら、侍女や家庭教師などをして、身を立てるつもりです」

「グラシエラ、そもそもどうしてそのようなことを願うのだ？」

「これから先、公爵代理としてわたくしが在り続けるには、無理がございまして」

「それならば、アントニーとの結婚を早めたらいい」

アントニーの希望で、父の容態が今以上に回復したら結婚しようと話し合っていた。

今振り返ってみたら、それで結婚を先延ばしにするというのもおかしい。

少しでも早く結婚して、手と手を取り合って公爵家を支えていかなければならない状況だというのに。

もしかしたらアントニーは、父が亡くなるのを待っていたのかもしれない。

「お父様、アントニーとの婚約も、解消したく思っております」

「それはできない。彼は私がグラシエラの夫にするため、知識を叩き込んできた男だというのに！」

物静かで優しい父が、珍しく頑《かたく》なな態度を見せる。

首を横に振り、彼との結婚は断乎《だんこ》として無理だと告げた。

「公爵家の地位と財産を凍結するならば、彼と結婚する意味はなくなってしまいます」

「しかし、アントニーはお前を心から愛していると言っていた」

「貴族の結婚に愛なんてあるわけがありませんわ」

あったとしても、アントニーが愛しているのはメンドーサ公爵の娘である世間知らずの私だと、自信を持って言える。何も持たない私なんて、彼は見向きもしないだろう。

「では一度、アントニーに手紙で聞いてみてくださいませ。メンドーサ公爵家の地位と財産の凍結の報告と共に」

それでも尚《なお》、私と結婚したいと望むのであれば、父の言う愛というものはこの世に存在するのだろう。これっぽっちも信用できないもののように思えてならないのだが……。

「グラシエラよ、それに関しても、そこまでする必要があるのだろうか？　もしも仕事を続けることが難しいのであれば、弟……お前の叔父であるガエルに手伝うように頼むのだが」

「なりません。仮に、叔父様に公爵家を乗っ取られたら、どうなさるおつもりですか？」

「グラシエラ、ガエルはそのような男ではない。いつだって気のいい、優しい叔父だろう？」

叔父は父の前ではいい弟を演じ、害のない男として振る舞っているのだ。

その実態は、メンドーサ公爵家の地位と財産を虎視眈々《こしたんたん》と狙う悪人である。

父はメンドーサ公爵家の継承者《エア》として、恵まれた環境で生きてきた。

予備《スペア》として育てられた叔父の苦しみや憎しみなんて、父には理解できないのだろう。

もちろん、それらを父に訴えるつもりなんてなかった。

父は私が口にする理屈で曲がる人ではない。ここでは情に訴える作戦に出た。

これまで一度も瞬《まばた》きしていなかった瞼《まぶた》を、パチパチと瞬かせる。

すると、ポロリと涙が零《こぼ》れた。

「お父様はわたくしよりも、叔父様を信じるのですね」

上手い具合に涙が零れてくれた。

父はわかりやすいくらい、オロオロと動揺してみせる。

「わたくしはお父様とフロレンシ以外、誰ひとりとして信じておりません。そんな状況でお父様が病に臥せって不安に思う中で、細腕で守ってきたメンドーサ公爵家を誰かに奪われてしまうのではないかと心配で心配で」

「ああ、ああ、そうだな。これまでお前はよく頑張ってきた。私がふがいないばかりに、申し訳なかった」

「いいえ、お父様は悪くありませんわ！」

そろそろ涙が途切れてしまいそうなので、顔を両手で覆って肩を震わせる。

「わかった！　すべて、お前のしたいようにするから！」

「お父様、本当ですか!?」

「ああ、嘘《うそ》は言わない!!」

もうひとつ、私は父に頼み込んだ。

「国王陛下のお墨付きを、いただきたく存じます」

それは叔父がメンドーサ公爵家を乗っ取るさいに、私に宣言したものである。

今度はそれを、私が手にしておきたい。

「国王陛下には、しっかり頼んでおくから」

「お父様、ありがとうございます」

涙を拭う振りをしてから父に抱きつく。

これで、メンドーサ公爵家の地位と財産は守ることができそうだ。

「グラシエラ、お前には苦労をかけさせ、本当にすまないと思っている」

「お父様、わたくしは平気です。これからはフロレンシのことを第一に考え、生きるようにしますので」

「しかしながら、お前の人生はどうなる？　せめてアントニーと結婚して、幸せになってほしかったのだが」

私も心のどこかで、アントニーと結婚したら幸せになれると信じていた。けれども彼との未来なんて絶望しかなかったのだ。

「もしもアントニーが婚約解消を受け入れたら、他の候補を探すのはどうだ？」

「お父様、わたくしは結婚をして幸せになろうなどとは、欠片《かけら》も考えておりません」

「しかし」

胸に手を当てて、父に宣言する。

「わたくしはメンドーサ公爵家の歯車のひとつに過ぎない存在なのです。幼いフロレンシには、よく動く歯車が必要だと考えております」

母は亡くなり、父は病で臥せっている。そんな状況で、フロレンシを守れるのは私しかいない。

「わたくしはフロレンシの親代わりになりたいのです」

父は悲しげな表情で私を見つめる。

瞳には申し訳なさと、ふがいなさが滲《にじ》んでいるように見えてならなかった。

それから親の務めが果たせない自らを、嘆いているのだろう。

ここまで言ったら、父は私に結婚を勧めることはなくなった。

「まずは、アントニーに手紙を送ろうか」

「お願いします」

もうひとつ、父に頼みがあった。それは、今回の件はなるべく周知させないということ。

叔父が知ったら、猛烈に腹を立ててこの屋敷に乗り込んできてしまうだろう。

彼らとのトラブルはなるべく避けたいので、必死になって父に頼み込む。

「それに、フロレンシも気に病むかもしれません」

「たしかに、そうだな」

アントニーに関しても、口外しないよう厳命してくれるらしい。

「婚約解消に対する賠償金を多めに支払っておこう」

アントニーに対する対策も練ってくれたので、ホッと胸をなで下ろす。

「お父様、使用人はどうしましょう」

財産が凍結されたら、彼らに給金を払う余裕などなくなってしまう。

事情を説明したら納得してくれるだろうが、情報を知る者は少ないほうがいいだろう。

「ならば、私の地方療養を理由に解雇し、新たに王宮の仕事を斡旋《あっせん》すればよいだろう」

「それはいい考えですわね」

使用人を解雇する言い訳として使うだけでなく、本当に自然豊かな静養地で過ごすことを検討するらしい。

たしかに、工場の排煙による空気汚染で空が毎日淀《よど》んでいる王都よりも、空気がきれいな場所のほうがいいだろう。

「グラシエラはどうする？」

「そう、ですわね」

フロレンシの教育について考えたら、王都に残るほうがいい。

けれども叔父からの脅威が届かないのは地方だろう。

「少し考えておきます」

「わかった」

ひとまずなんとかなりそうで、ホッと胸をなで下ろす。

深々と頭を下げ、父の寝室を出たのだった。


父はすぐに行動に移し、アントニーに婚約解消の手紙を送り、使用人に対しても暇を出す。

使用人の大半がいなくなった屋敷はずいぶんと閑散としていた。清掃は最低限の人数でしているからか、少しだけ埃《ほこり》っぽい気がする。

フロレンシが使う部屋だけでも、しっかり掃除してもらうよう頼んでいた。

料理人は夜のみ来てもらっている。朝と昼は私が腕によりをかけて、食事を作っているのだ。

今日も厨房《ちゅうぼう》に立ち、時間が巻き戻る前に覚えた料理を作る。

最近、少し冷えるので、体が温まる料理を作ろう。

朝から仕込んでおいた鶏のブイヨンに、炒《いた》めたショウガとニンジンを加えてコトコト煮込んだ。

二品目はカブにひき肉を詰めてチーズを振りかけ、オーブンで焼いたもの。

三品目は刻みパスタの海鮮煮込み。

手早く仕上げ、やってきた執事に父の寝室に運ぶように頼んだ。

「あなたも、ここにある料理は食べてくださいね」

「グラシエラお嬢様、ありがとうございます」

私はフロレンシと一緒にいただく。幸いにも、彼は私の手料理を喜んで食べてくれるのだ。

もしかしたらこの先、料理人が作った贅沢《ぜいたく》な料理なんて食べられないかもしれない。

そのため、私の料理に慣れてもらおうと始めた。

今日もフロレンシが残さず食べてくれたのを見て、ホッと胸をなで下ろしたのだった。

◇　◇　◇

メンドーサ公爵家の地位と財産の一時的な凍結について、国王陛下から受理されたという。私が望んでいた〝お墨付き〟も、しっかり貰《もら》ったらしい。

踊り出しそうなくらい喜びがこみ上げ、足取りも軽くなる。

ガッちゃんに報告しようと私室に戻ったら、私めがけて飛んできた。肩に着地し、つぶらな瞳で見上げてくる。

「ガッちゃん、わたくし、やりましたわ。メンドーサ公爵家の地位と財産を凍結させることに成功しました!!」

『ニャ！』

ガッちゃんはよくやった、とばかりに頬ずりしてくる。フワフワの体に触れていたら、張り詰めていた心が和らいだ気がした。

ひとまず、この家を叔父一家に乗っ取られる未来は訪れないだろう。

不思議な気分である。

一度死んだのに、こうやって同じ人生をやりなおせるなんて。

「それにしても、ガッちゃんがわたくしの人生を巻き戻してくれましたの？」

『ニャ？』

私の質問に対しガッちゃんは首を傾《かし》げ、よくわからないという眼差《まなざ》しを私に向ける。

ガッちゃんとは契約関係にあるものの、意思の疎通が完璧にできるわけではない。

ざっくりとした喜怒哀楽がわかる程度なのだ。

「誰がこの人生をもたらしてくれたのかわからないけれど、同じ轍《てつ》を踏むつもりはありません。ガッちゃん、わたくし、頑張りますわ」

『ニャー！』

今、私はひとりではない。ガッちゃんもいるし、フロレンシもいる。父だって生きているのだ。

できることからコツコツやるしかない。

不幸な未来を回避するために……。


それからというもの、私は解雇した使用人達に新しい職場を斡旋する日々を送っていた。地方にもついていきたい、と望む使用人がほとんどだったものの、断腸の思いで断った。

父の地方療養についても、話が進んでいく。

依然として、私とフロレンシがどうするかは決まっていなかったが。

そうこうしているうちに、アントニーから返信があった。

父が暗い表情で、私に報告する。

「アントニーはお前との婚約解消を受け入れるそうだ」

「そう、ですか」

やはり、私とアントニーの間に愛なんて存在しなかったらしい。慰謝料も追加で請求されたらしく、父は苦い表情を浮かべていた。

「まさか、このように金に関して抜け目がない男だったとは……」

「ええ、意外でした」

思いどおりになって喜びがこみ上げそうになったものの、すぐに口元を手で隠し、顔を背ける。

その様子が、悲しんでいるように見えたのか。父は私の様子を見て「グラシエラに落ち度があって、婚約解消を受け入れたわけではないだろう」と励ましてくれた。

「それはそうとグラシエラよ、婚約解消以上に頭が痛くなるような問題が浮上した」

「なんですの？」

なんでもどこからか私達の婚約解消を聞きつけた記者が、屋敷へ押しかけてきたらしい。

執事が追い返したようだが、気を付けるように言われた。

「しばらくは屋敷でゆっくりしておくといい」

「いいえ、今晩の夜会に参加しますわ」

「――っ!?」

父が呑《の》み込んだ言葉は、聞かずともわかる。

アントニーとの婚約解消を記者は嗅ぎつけている。きっと、すでに周囲の者達にも知れ渡っているだろう。

どうしてそのような行動に出たのか、と今の私は社交界における時の人となっているだろう。

なぜ、自ら晒《さら》し者《もの》になるような行動を取るのか、と父は言いたかったに違いない。

「わたくしが不幸の渦中にいるのではなく、元気で幸せに暮らしている、と周囲に示す必要があると思いましたので」

「そうであっても、アントニーと婚約解消した当日に行かなくてもよかろうに」

私もそう思うが、周囲の者達に弱みを見せるわけにはいかない。強く在るためには、こそこそと隠れていてはダメなのだ。

「グラシエラ、無理はするな」

「ええ、わかっております」

絶対に負けないという志を胸に、私は夜会へ挑んだのだった。


今晩の夜会に着ていくドレスが軀幹人形《トルソー》に着せられ、部屋に置かれていた。メイドが運んでくれたのだろう。

麦藁《ストロー》カラーのドレスは父が闘病中とあって、あまり華美でないものを、とデザイナーに注文していたのだ。

フリルやリボンなどの装飾はまったくなく、ただただドレスの形を成しただけの一着であった。

現物を前にすると、かなり地味な印象のように思えた。

きちんと生地を見て注文したはずなのに、数ヶ月前の私はどうして「これでいこう」と決めたのか。

アントニーと婚約解消された今、こんなドレスを着ていったら、笑いものにされてしまうだろう。

ドレスを前にうんうんと唸《うな》っていたら、私の肩に乗っていたガッちゃんが『ニャ！』と鳴いた。

ガッちゃんは糸を作ってあやとりをするように、小さなレースを作って私に見せる。

まるで蜘蛛細工《テラランニャ》でレースを作ってドレスにあしらう？　と聞いているようだった。

「そうですわ！　わたくし達には、蜘蛛細工がありました」

蜘蛛細工は私の魔力を媒体とし、ガッちゃんが魔法の糸を作り出す。それに私の想像力と糸が連動し、世にも美しいレースを作り上げるのだ。

これまで私はガッちゃんと作る蜘蛛細工を、レース編みに使ったことなどなかった。

思いついたのは、時間が巻き戻る前の悲惨な人生の中である。

もしかしたらガッちゃんが、不思議な力で時間を巻き戻してくれたのだろうか？

『ニャ？』

どうしたの？　と窺《うかが》うようなガッちゃんの声を聞き、ハッと我に返る。

「い、いいえ、なんでもありませんわ。蜘蛛細工でレースを作りましょう」

『ニャ！』

実を言えば時間が巻き戻る前に作っていたレースのすべては服飾店に納品するための品で、自分のために蜘蛛細工を使うのは初めてだった。

上手くできるのか、ドキドキしてしまう。

大きく息を吸い込んで——吐く。心の準備はすぐにできた。

「ではガッちゃん、始めましょうか」

『ニャ』

意識を集中させ、体内にある魔力を感じ取る。

空中に魔法陣の輪を描くと、全身の血が沸き立つような感覚を覚えた。

呪文を口にすると、魔法陣に反映されていく。空中にさらさらと魔法文字が描かれていった。

「——紡げ、蜘蛛細工《テラランニャ》！」


呪文を唱えると魔法陣が発光する。ガッちゃんは大きく跳躍し、魔法陣に小さな体をぶつけた。

すると、ガッちゃんのフワフワの体が白く光る。

魔法陣に触れることにより、私の魔力がガッちゃんと連動するのだ。

ガッちゃんはドレスの肩部分に着地すると、準備ができたとばかりにつぶらな瞳を私に向けた。

ここから、魔法の糸を使ったレース編みを開始する。

脳内に思い浮かべたのは、ニードルを使って作る美しいレース。

職人が数ヶ月かけて仕上げるような、精緻《せいち》な薔薇《ばら》模様を想像した。

指揮棒のように指先を動かすと、それに合わせてガッちゃんが魔法の糸を紡いでいく。

『ニャ、ニャ、ニャ〜』

ガッちゃんは上機嫌な様子で、私の脳内にあるレースを編んでいく。

蔓《つる》がしなやかに伸び、大輪の花を咲かせる優美な薔薇が施される。

あっという間に完成したレースを、質素な袖口に合わせた。

『ニャ！』

ただレースを付けただけなのに、ドレスは華やかな雰囲気へと変わった。

ガッちゃんはもっとレースを作ろう、と提案する。

華美になりすぎない程度に、胸元や腰周り、裾にレースをあしらっていく。

一時間ほどで、ドレスのレースを完成させた。

すばらしい仕上がりに、ガッちゃんと手と手を合わせる。

キャッキャと喜んでいたら、突然ガッちゃんがハッとなった。

『ニャ、ニャ、ニャニャニャ!?』

必死の形相を浮かべ、私を心配しているように見える。

「もしかして、わたくしが魔力を使いすぎたのではないか、と心配していますの？」

『ニャ〜〜』

ガッちゃんはコクコクと頷《うなず》く。

「この程度であれば、まったく問題ありません」

時間が巻き戻る前は、レースだけでドレス一着作れるのではないか、という量をたった一日で仕上げていたのだ。

それに比べたら、なんてことない。

「ガッちゃんのおかげで、すばらしいドレスができました。ありがとうございます」

『ニャ〜〜〜』

ガッちゃんは安堵するように鳴き、にっこり微笑《ほほえ》んだ。

◇　◇　◇

夕方になり、夜会に赴くため身なりを整える。

侍女は解雇してしまったので、ガッちゃんが着付けを手伝ってくれるらしい。

手先が器用なガッちゃんは、ドレスの背中にあるボタンを丁寧に留めてくれたり、スカートを裾上げしてくれたり、と侍女顔負けの活躍をしてくれる。

それだけでなく、魔法の糸で作ったブラシとパフで化粧まで施してくれたのだ。

陶器の肌みたいな美しい仕上がりに、驚くばかりである。まさか、化粧までできるなんて……。

さらに、髪結いまでしてくれた。

ガッちゃん特製のリボンは絹のような美しい光沢があり、私の金色の髪によく合っているような気がする。

着付け、化粧、髪結いが終了すると、ガッちゃんは姿見の前に来るように私を誘った。

ドキドキしながら鏡を覗き込むと、別人のような姿に驚いてしまう。

「ガッちゃん、今日のわたくし、とってもきれいに見えます」

『ニャー』

姿見の上に降りたったガッちゃんは、パチパチと手を叩いてくれた。

「ガッちゃんにこんなすばらしい才能があったなんて」

『ニャニャ』

ガッちゃんは少し照れたようで、後頭部をカシカシ掻いていた。

そんな姿も愛らしい。

と、ガッちゃんを愛《め》でている場合ではなかった。

「ガッちゃん、一緒に参りませんこと？」

『ニャ！』

ガッちゃんは腰周りに巻いたレースのリボンに飛び移った。

リボンの結び目にしがみついたので、まるでブローチのようである。

普段はひとりで参加するのだが、今日は少しだけ不安だった。そのため、付き合ってもらうことに決めた。

「ガッちゃん、ありがとうございます」

いざ夜会へと思ったものの、その前にフロレンシに会ってから出かけよう。

フロレンシの部屋に顔を見せると、満面の笑みで駆け寄ってきた。

「グラシエラお姉様！　とってもおきれいです。まるで、本物の王女様のようですね！」

久しぶりに華やかに着飾った私を前に、フロレンシは瞳をキラキラ輝かせる。

まさか、ここまで喜んでくれるとは……。

ここ数年、病床に臥せる父に遠慮し、華美な装いはしていなかったのだ。

フロレンシがこうして明るい表情を見せてくれるのならば、身なりにも気を遣ったほうがいいのだろう。

メンドーサ公爵家の財産は凍結されてしまったが、ガッちゃんの蜘蛛細工があれば、着飾れるはずだ。

フロレンシのために、見目にも気を遣おうと心の中で誓う。

「そういえば、今日は夜会に参加されるとおっしゃっていましたね」

「ええ、そうですの」

「一緒に参加する、アントニーお義兄《にい》様《さま》は幸せ者です！」

アントニーの名前が出た瞬間、顔を引きつらせてしまう。そういえば、フロレンシに婚約解消したことについて話していなかった。

私の反応の悪さに、フロレンシはすぐに何かを察したようだ。

眉尻を下げ、申し訳なさそうに問いかけてくる。

「グラシエラお姉様、アントニーお義兄様とケンカでもされたのですか？」

「いいえ、違いますの。その、アントニーとは、婚約を解消しまして」

「そ、そうだったのですね。知らずに、申し訳ありませんでした」

婚約解消をしようと決めた時点で、話しておけばよかったと後悔する。

フロレンシは六歳とは思えないくらいしっかりしていて口も堅い。大切な話も心に留《とど》め、口外することはないだろう。

彼はこれ以上、アントニーとの婚約解消について詮索するつもりはないのか、別の話題を振ってくれた。

「あ！　今日は、ガラトーナも一緒に行くのですね」

「そうですの。よく気付きましたね」

「えへへ」

フロレンシはガッちゃんとも仲良しで、たまにふたりで遊んでいるほどだった。

視線を向けた先がちょうどガッちゃんがしがみついた場所だったため、偶然気付いたのだと言う。

「ガラトーナ、グラシエラお姉様のことを、よろしく頼みますね」

ガッちゃんが了解したとばかりに、敬礼をしながら『ニャ！』と鳴く。

その瞳は使命感で燃えているように見えた。

「グラシエラお姉様、今晩は楽しんできてくださいね」

「ええ、ありがとう」

フロレンシの頭を撫《な》でると、心地よさそうに目を細める。

もう眠るというので、おやすみなさいのキスを頬に落とした。

フロレンシの見送りを受けつつ、夜会が開催される宮殿へと向かったのだった。

◇　◇　◇

会場付近は馬車で渋滞していた。今日は招待客が多いので、いつも以上に街は騒然としている。

幸いにも上級貴族は特別な道を案内されるので、すんなり宮殿に行き着く。

煌《きら》びやかな宮殿を前に、深く長いため息を吐《つ》いてしまった。

今宵《こよい》の夜会も、婚約解消していなければアントニーと参加する予定だったのだ。

当然ながら、いつもの場所に彼の姿なんてなかった。もしもいたら、一言謝罪をと思っていたのだが。

やはり彼は、メンドーサ公爵家の財産目的で私と結婚したかったのだろう。

皆、同伴者《パートナー》と寄り添い、歩いていた。

ちらちらと視線を感じるのは、ひとりでいるからか。こういった夜会は同伴者が必須で、単独でいる者は〝わけあり〟なのだ。

もしかしたらじろじろ見ているのは、アントニーとの婚約解消の噂《うわさ》を知っている者達なのかもしれない。

他人の視線が肌に突き刺さり、ヒリつくような心地を味わう。

想定していたよりも居心地が悪い。婚約を解消しただけで、これほどの疎外感を覚えるのか、と内心驚いてしまった。

庭で時間を潰してから大広間に向かおうか。なんて考えていたら、背後から声をかけられる。

「あら、グラシエラじゃない」

甘ったるく、甲高い声の主は、聞き覚えがありすぎた。

従妹のソニアだろう。

できれば会いたくない相手だったが、無視をしたらあとが怖い。

しぶしぶ振り返った先で、驚愕《きょうがく》することになる。

ソニアはアントニーと腕を組み、勝ち誇った表情で私を見ていた。

一方で、アントニーは気まずげな空気を振りまいている。私と目が合わないように、顔を逸《そ》らしていた。

アントニーがソニアに気があるのはわかっていたものの、変わり身が早すぎやしないか。

呆《あき》れたの一言である。

婚約解消して一日と経《た》っていないのに、別の女性を連れていたら、アントニー自身の評判も悪くなるだろうに。

ソニアの印象もよくないだろう。なんて考えているところで、ピンと閃《ひらめ》く。

こうなったら、彼らの愚行を利用しよう。

精一杯の悲しみの感情を瞳に浮かべ、アントニーに話しかける。

気分は悲劇のヒロインであった。

「まあ、アントニー。今日はソニアと参加なさるのですね」

「あ、ああ。まあ……」

傍《はた》から見たら、アントニーがソニアと浮気をして婚約解消になったように見えるだろう。

ソニアは悲しむ様子を見せる私を見て、口元に弧を描く。

「グラシエラ、こんなことになって辛いだろうけれど、気に病むことはないわ」

「ええ……ソニア、ありがとう。あなた達の幸せを、わたくしは願っていますわ」

私が殊勝《しゅしょう》な態度に出れば出るほど、ソニアは上機嫌となる。

その一方で、アントニーはいたたまれない表情を浮かべていた。

演技の効果は絶大だった。

先ほどまで私を見ながらヒソヒソ噂話していた人達が、今度はアントニーとソニアに非難めいた視線を向けていた。

彼らはきっと、婚約解消の原因はアントニーにあると判断しただろう。

あとは、噂話が自然と広がるのを待つばかりだ。

「それでは、ごきげんよう」

悲劇のヒロインのように涙を拭う仕草を取りつつ、彼らの前から立ち去る。

私を見つめる周囲の視線は、揃って同情的なものへと変わった。

このまま大広間に行かずに、外に出る。自分から注目を浴びるような行動をしたとはいえ、人々の視線を受け続けるほど神経は図太くなかった。

ひとまず、ほとぼりが冷めるのを庭で待とう。

宮殿には通常の庭と、貴賓《きひん》や上級貴族が出入りできる庭がある。

通常の庭は闇に紛れて愛人と逢瀬《おうせ》を重ねる温床となっているので、可能であれば近付きたくない。

当然ながら、貴賓と上級貴族専用の庭へと向かった。

外は少し肌寒いが、大広間で人々からの好奇の視線にさらされるよりはマシだ。

今は秋薔薇《あきそうび》のシーズンで、馨《かぐわ》しい香りに包まれる。

ガッちゃんとお花見でもしようか。なんて考えていたところ、女性の悲鳴が聞こえた。

「きゃあ!!」

そこまで遠くない距離に、人がいたようだ。なんの騒ぎだろうか?

薔薇の荊《いばら》に用心しながら、何があったのかと覗き込む。

ブルネットの髪を美しく巻き上げた、美しいご令嬢が今にも泣きそうな表情でいるのが見えた。

顔に見覚えはなく、ドレスや宝飾品などの装いもその辺にいる人々とは異なっているように見える。おそらく、異国の地から招待を受けた貴賓なのだろう。

「ねえ、どうすればいいの？　いただいた真珠の首飾りを、バラバラにしてしまうなんて！」

彼女がそう口にした瞬間、私の足先に何かがコツンと当たる。

すぐさまガッちゃんが確認してくれた。

『ニャ』

ガッちゃんが拾って見せてくれたのは、一粒の真珠だった。先ほどのご令嬢の会話に出ていた真珠で間違いない。

関わるつもりはなかったものの、拾ってしまったから仕方がない。

驚かせないよう、ヒールをコツコツ鳴らしながら近付く。

「あの、こちらの真珠はあなた様のでしょうか？」

「え、ええ、そうよ」

女性は付添人と真珠を掻き集め、一粒足りないと騒いでいるところだったらしい。

瞳は潤んでいて、今にも涙を零しそうに見えた。

異国の地で不安な上に、せっかくの首飾りをダメにしてしまったのだ。泣きそうになるのも無理はない。

このまま立ち去りたかったものの、助けを求めるような視線を私に向けていたので、話を聞いてみる。

「あの、どうかなさったのですか？」

「薔薇の蔓に、首飾りを引っかけて、糸が切れてしまったの」

なんでもその首飾りは、婚約者が今日の夜会のために贈ってくれた品だという。

本人に身に着けた姿を見せる前に、バラバラにしてしまったそうだ。

「あなた、腕のよい宝飾職人はご存じ？」

その発言に、付添人が口を挟む。

「レイシェルお嬢様、今から職人に頼んでも、修繕するには数時間かかりますよお」

「そ、そうよね」

何かできることはないかと考えていたら、首飾りを繋《つな》いでいたと思われる糸を発見する。

千切れた糸を拾い上げた瞬間、ガッちゃんが、『ニャ！』と鳴いた。

それを聞いてハッとなる。

蜘蛛細工を使ったら、真珠の首飾りを元どおりにできるはずだ。

「あの、わたくし、真珠の首飾りを修繕できますわ」

「あ、あなたが？」

「ええ。正確に言えば、わたくしと契約している妖精がしてくれるのですが」

妖精と聞いて驚いた表情を見せる。

「火山《ヴルカーノ》の国には、まだ妖精が残っているのね！」

「ええ、まあ」

ヴルカーノでは二世紀前に起こった魔導戦争の影響で、溜《た》めた魔力を世界に供給する世界樹の力が衰えた。その影響で、妖精の数が減ってしまったのだ。

ただ、ヴルカーノにある火山に魔力を溜め込む天然の核《コア》が残っているので、他国よりも妖精が生き残りやすかったのだろう。

「海《ビネンメーア》の国の妖精は、ずっと前に絶滅したと言われているの」

やはり、彼女は異国の地からやってきた貴賓だった。

ビネンメーアというのは、海を挟んだ向こうにある国だ。

周囲が大地で囲まれた付属海があり、比較的温暖な気候と肥沃《ひよく》な土地を持っていることにより発展した国である。

ヴルカーノより、遥《はる》かに大きな国土と軍事力を有しているのだ。

「それにしても、妖精とはどうやったら会えるの？」

「ガッちゃん……この子との出会いは偶然でして」

私が幼少時代、花壇でしおしおになって倒れているガッちゃんを発見し、魔力を分けてあげたのだ。それをきっかけに、ガッちゃんは私と契約を結んで、ずっと傍にいたいと望んでくれた。

以降、いつでも一緒なのだ。

「すてきな話だわ！　その妖精さんは、あなたにとって一番のお友達なのね」

「ええ、そうなんです」

と、昔話をしている場合ではなかった。

一刻も早く、真珠の首飾りを修繕しないといけない。

「えーっと、では、妖精の力で直しますね」

「ええ、お願い」

ハンカチに包んで集めていた真珠を、地面に並べてもらう。

女性は興味津々な視線を向けていた。一応、妖精は蜘蛛の姿をしていて怖いかもしれない、と言っておいたのだが、平気だと言ってのける。

「ガッちゃん、お願いします」

『ニャ』

ガッちゃんと魔力を連動させ、指揮棒を揮《ふる》うように魔法の糸を紡いでいく。

真珠の穴にひとつひとつ通し、端と端はレースのリボンにして仕上げた。

仕上がったものを女性へ差しだすと、驚いた表情で受け取ってくれた。

「まあ、すごいわ！　こんな短時間で元どおり以上にしてくれるなんて。ありがとう！　本当にありがとう！」

問題ないようで、ホッと胸をなで下ろした。

「ごめんなさい。名乗り忘れていたわ。私はエーレルト大公の娘、レイシェルよ」

聞き覚えのある名にハッとなる。

堂々としていて気品のある立ち居振る舞いから、かなりの上級貴族ではないのか、と思っていたのだ。まさか、エーレルト大公家のレイシェル嬢だったなんて。

エーレルト大公家はビネンメーアの王族に与えられる地位である。

さらに彼女は慈善活動に熱心だ、という噂話を耳にした覚えがあった。

弱き者達に手を差し伸べ、慈愛を見せることから、〝ビネンメーアの聖女〟とも呼ばれている。

そんな相手と、偶然出会ってしまうなんて。

「わ、わたくしは……」

名乗るほどの者ではないと言いたかったのだが、相手が王族に準ずる者なので、はぐらかせるわけがなかった。

胸に手を当てて会釈しつつ、自らを名乗る。

「メンドーサ公爵の娘、グラシエラですわ」

「まあ！　そうだったの。お会いできて光栄だわ」

「わたくしもです」

レイシェルは私の手を握り、感激した様子でいた。

「あなたには何かお礼がしたいのだけれど」

「いいえ、どうかお気になさらずに。わたくしはただの通りすがりですので」

「そんなこと言わないで」

レイシェルは「そうだわ！」と言って、付添人に何か耳打ちしていた。

付添人はすぐさま、手にしていたポーチから便箋を取り出す。

「こちらは鳥簡《ちょうかん》魔法——魔法がかかった便箋で、名前を書いた相手のところまで鳥のように飛んでいくの。もしもビネンメーアを訪れる機会があったら案内するわ。いつでも連絡してちょうだいな。もちろん、それ以外のお願いも、喜んで聞くから」

「魔法!?　このように貴重なお品を、よろしいのですか？」

「もちろんよ」

魔導戦争の影響で衰えたのは世界樹だけではない。魔法使いの存在も、減っていたのだ。

そのため、この世界で魔法は大変貴重なものであり、魔法が付与された品は高額で取り引きされるほどである。

レイシェルの付添人が「お嬢様、そろそろ」と声をかけていた。ここでお別れというわけである。

「グラシエラ様、またどこかでお会いしましょう」

「え、ええ」

まさか、ビネンメーアの大公令嬢と繋がりができた上に、魔法の便箋までいただいてしまうなんて……。巻き戻る前の人生では考えられなかったことだ。

新しい道を選択することによって、運命が変わる。心に希望が差し込んだ瞬間でもあった。

少し時間を置いてから、大広間へと足を運んだ。

仲良くしているご令嬢に声をかけたら帰ろう。なんて考えていたのに、私のもとに真っ先にやってきたのはアントニーを連れたソニアだった。

「グラシエラ、もう逃げ帰ったのかと思っていたわ」

「いえ、少し風に当たっていただけですので」

アントニーは諦めの境地なのか、虚無の表情だった。もちろん、私と視線なんて合わせない。

「グラシエラ、見なさい。みんな、楽しそうにダンスを踊っているわ。あなたも参加したらいかが？」

私に同伴者がいないのをわかっていて、そのようなことを言っているのだろう。

我が従妹ながら、本当に性格が悪い。

彼女は私が想定していなかった提案をしてくれる。

「よかったら、アントニーを貸しましょうか？」

まるで、自分の男だと言わんばかりの言葉である。

当然ながらお断りだ。

「いえ……。今日は踊るような気分ではなくて」

「だったらどうして夜会にやってきたの？　踊らないのならば、参加する意味なんてないじゃない」

私のいない場所で勝手な憶測や噂話が広がるのは我慢ならない。

夜会に参加した理由は、私の意地とでも言えばいいのか。

ただそれらは口に出して言うものではないだろう。曖昧に微笑んで、適当にはぐらかす。

「それはそうと、グラシエラ、あなた、少し老け込んだんじゃない？」

昔は大人っぽいだなんて言われていたのだが、それ相応の年齢になると老けて見えるようだ。

老いは誰にでも平等に訪れる。指摘されても、別に「そうなんだ」としか思わない。

「私もあなたと同じ年頃になったら、そういうふうに見られるのかしら。年を取るって、恐ろしいわ」

少し困ったような表情を浮かべ話に耳を傾けていると、ソニアは愉快だとばかりに上機嫌になる。

その後も、ソニアは楽しそうに私をいびってきた。

こういうときロマンス小説であれば、かっこいいヒーローが颯爽《さっそう》とやってきて、ヒロインを助けてくれるというのに。

私を見つけるような視線は感じるものの、皆、他人事《ひとごと》のように思っているのだろう。

ただ、誰かに救ってもらうことを期待するのは危ういものだ。

物語の世界では事件をきっかけに愛されるようになり、めでたしめでたし、というパターンが多い。けれどもそのヒーローが別の女性を愛してしまったらどうなるのだろうか？

愛だけが繋ぎ止める居場所なんて、私は信じられない。

これは私の人生だ。何をするにも、他人を頼ってばかりではいけない。

自分自身の意思で、明るい未来を切り開かなければならないのだ。

「ソニア、アントニーが退屈しているようです。一緒に踊ってきたらいかがでしょうか？」

「それもそうね。アントニー、行きましょう」

「あ、ああ」

去りゆく彼らに対し、切なげな視線を向ける。もちろんそういう〝振り〟だ。

周囲の者達に見せるパフォーマンスは、これくらいやれば十分だろう。

そろそろ帰ろうか、と踵《きびす》を返したところで、誰かが走ってやってくる。

よくよく見たら、父の従僕だった。

「グラシエラお嬢様、今すぐお帰りください!!」

常に父の傍にいる彼がこのように慌てているということは、何かあったのだろう。

急いで馬車に乗り込み、メンドーサ公爵家の屋敷を目指す。

「どうかなさったの？」

顔色を青くさせていた従僕は、涙目で事情を打ち明けた。

「公爵様が、大量の血を吐きました。お医者様曰く、今夜が山だろう、と」

「お父様が!?」

父が亡くなる日まで、まだ時間はあるはずなのになぜ!?

どくん、どくんと嫌な感じに脈打つ胸を押さえつつ、父がいる寝室を目指した。

「お父様!!」

「うう、があああ！」

父はシーツを真っ赤に染めるほど血を吐き、苦しみもがいていた。

いったい何が起こったというのか。

巻き戻る前の人生では、父は静かに息を引き取っていたというのに。

「これはどういうことですの!?　お父様はどうなさったの!?」

「いきなり容態が悪化したようです」

今は痛み止めを飲ませるしか、打つ手はないという。

そんな中で、執事が声をかけてきた。

「グラシエラお嬢様、フロレンシお坊ちゃんはどうしましょう？」

フロレンシはすでに就寝しているという。

このように血まみれで苦しむ父を見たら、ショックを受けるだろう。

「今フロレンシを呼ぶ必要はありません。お父様の傍には、わたくしがついておりますので」

「承知しました」

父は一晩中血を吐き、苦しみ抜いた末、息を引き取った。

壮絶な最期だった。

執事の手によって、父はきれいな状態にされる。

血まみれだった寝具も取り替えられ、清潔な寝台の上に眠っているようだった。

穏やかな表情で逝ったことが、唯一の救いなのか……。

父の死を看取《みと》るのは二回目だが、これだけは何回繰り返しても慣れることはないだろう。

私は父の亡骸《なきがら》の前で、涙が涸れるほど泣いた。

そんな私にガッちゃんは優しく寄り添い、励ましてくれる。

一度、父の死は経験しているのに、それでもショックが大きいし悲しい。

夜会になんて行かずに、傍にいればよかったという後悔に苛《さいな》まれた。

だんだんと外が明るくなっていく。

どんなに辛くても、悲しくても、生きている者達には新しい一日が等しくもたらされる。

父には二度と訪れない朝を、私は奥歯を噛《か》みしめて迎えることとなった。

「グラシエラお嬢様」

私は執事を振り返る。彼が何を言わんとしているかは見て取れた。

「お父様の葬儀は三日後に行います。フロレンシにはあとでわたくしから話しますので、ご心配なく」

一晩中父の傍にいて、執事も疲れただろう。しばし休むように、と言っておいた。

ひとりになると、これからどうしようか、という考えの渦に呑み込まれる。

叔父の相手をすることを考えただけで、頭がズキズキと痛んだ。

ひとまずメンドーサ公爵家の地位と財産は凍結されている。叔父に奪われようがない。

それについて叔父に知られるのは、きっと時間の問題だろう。

私を恨んで、何か行動に出てくるかもしれない。

もしかしたらフロレンシさえいなければ、メンドーサ公爵家の地位と財産は叔父に転がり込んでくる、などという愚かな考えに辿り着く可能性だってあった。

ゾッと全身に鳥肌が立つ。

「……ここにいてはいけませんわ」

フロレンシを連れて、しばらくどこか遠くに行って、身を潜めていなければならないだろう。

「けれども、どこに身を寄せればいいものか」

領地や親族以外に伝手《つて》なんてない。

敵が叔父である以上、それらを頼るわけにはいかなかった。

隠れ住むというのもいつか限界が訪れるだろう。それにせっかく人生をやり直すのに、こそこそ暮らしたくない。

「どうしましょう」

そう呟《つぶや》いた瞬間、ガッちゃんが便箋を旗のようにヒラヒラとはためかせる。それはレイシェルから貰った、鳥簡魔法がかけられた便箋であった。

「そうですわ！」

私にも伝手があった。それはビネンメーアの大公令嬢、レイシェルである。

彼女ならば、私を助けてくれるかもしれない。

ごくごく普通にビネンメーアに逃げただけでは、すぐに見つかってしまうだろう。

私やフロレンシの身分を偽るくらい、徹底的に対策を打つ必要がある。

ただ、ヴルカーノからやってきた年の離れた姉弟《きょうだい》であれば、悪目立ちしてしまうかもしれない。

フロレンシを守るためには、どうすればいいものか。

「わたくしがフロレンシの本当の母親であればよかったのに」

『ニャニャ!!』

ガッちゃんが「それだ！」と叫んだような気がした。

「母子《おやこ》……。そうですわ！　母子として偽装しビネンメーアに渡ったら、怪しまれずに済みます」

二十歳の自分に六歳の息子というのはいささか無理があるが、ソニア曰く私は老けて見えるそうなので、きっと誤魔化《ごまか》せるだろう。念のため、年齢も二十代半ばくらいにしておいたほうがいい。

父の手を握り、私は誓った。

「お父様、わたくし、フロレンシを守ってみせますわ！」

いつまでもめそめそしている場合ではない。涙を拭い、立ち上がる。

これからの人生を利用し、フロレンシと共に生き延びよう。彼にすべてを捧《ささ》げ、輝かしい未来を手に入れなければ。

それこそが、一度死んでしまった私の、唯一の望みであった。

◇　◇　◇

今は日の出前の時間帯である。まだフロレンシは目覚めていないだろう。

彼が起きる前に、私は行動する。

メイドが着るエプロンドレスに袖を通し、全身をすっぽり覆う外套《がいとう》を着込む。頭巾を深く被《かぶ》って、顔が見えないようにした。

念のため、執事宛てに少し出かけてきます、と置き手紙を残しておく。お昼までに戻らなかったら捜索依頼を出してください、とも追記しておいた。

これで、私の不在に気付いても騒ぎにならないはず。

早朝の屋敷は信じられないくらい静まり返っている。

こういうとき、使用人をあらかじめ解雇しておいてよかったと思ってしまった。

誰にも見つかることなく、裏口から外に出る。

もしかしたら父の死を嗅ぎつけた叔父がいるのではないか、と思っていたが信じられないくらい静かな朝だった。

裏門から貴族街の路地裏に出て、下町を目指す。

向かった先はなんでも屋〝禁断の木の実《フルットプロイビート》〟である。

ここは人の血肉から盗品、ありとあらゆる薬物など、手に入らない品はないという危ない店だ。

　時間が巻き戻る前の人生では、私はここに叔父の指示でビネンメーア王妃から盗んだ品を売りに来ていたのだ。

　フルットプロイビートの場所は巧妙に隠されていて、下町にある路地の、行き止まりの先に存在する。

　壁にある隠し扉を開いた先に店舗があるのだ。

　昼夜問わず営業しているので、早朝でも店主は客を待ち構えているだろう。

　隠し扉の仕掛けを解き、店内へ足を踏み入れる。

　薄暗く不気味な店内は、香辛料と古物の臭いが混ざったような独特な空気が漂っていた。

　店の奥にいる店主が、ギョロリとした視線を向けつつ、声をかけてくる。

「カンポ・デ？」

「フローレス」

　これは取り引きを可能とする人の間でのみ交わされる合い言葉であった。

　時間が巻き戻る前の人生で叔父から聞いていたので、難なく答えることができた。

「何が必要なんだ？」

「旅券を二名分、いただけますか？」

「目的は？」

「その人物に成り代わって、ビネンメーアに逃げ込もうと思いまして」

　フルットプロイビートの店主は口がとてつもなく堅い。代金に口止め料が入っているからだろう。

私が処刑されるときも、この店を摘発できる者はいなかった。

あくどい商売をしているものの、目的があって利用する分には頼りになるのだ。

「どういった人物の旅券を望んでいる？」

「そうですわね」

可能であれば、貴族の母子がいい。夫から逃れて、ビネンメーアに逃げ込んだ、という設定を先ほど思いついたのだ。

「ならば、この母子はどうだ？」

店主は名前が空欄になった旅券が二枚、目の前に差し出される。

そこには家名であるドーサが書かれてあるばかりで、名前の欄は空欄だった。

「こちらはなぜ、名前がないのですか？」

「他の奴《やつ》に売った。名前は自由に決めていい」

「そういうわけだったのですね」

なんでも旅券の持ち主は賭博が趣味の夫の借金取りに追われ、息子の旅券ともども奪われ、この店に売り飛ばされたらしい。なんとも気の毒な話である。

「わかりました。では、こちらをいただきます」

代金が告げられたが、想定内であった。

父が遺してくれた生前贈与から支払う。

店主は金貨を慎重に数え終えると、小さな声で「まいど」と言った。

「して、名前はどうする？」

「そう、ですわね」

グラシエラとフロレンシと名乗っていたら、叔父に見つかる可能性がある。

かといって、自分の名前を捨ててビネンメーアに赴くのもなんだか悔しい。

これまで大人しくしていたガッちゃんが、私の肩に乗って明るく鳴いた。

『ニャニャ！』

それはガッちゃんが私の名前を呼ぶときの鳴き声だった。

おそらくグラシエラの愛称である、「ララ」と呼びたいのだろうな、と思っていたのだが。

「そうですわね。わたくしの名前は〝ララ〟にしましょう。フロレンシは――」

『ニャン！』

「〝レン〟ですわね」

『ニャー』

ガッちゃんはそのとおりだ、とばかりに頷く。

ララ・ドーサとレン・ドーサ。

私達は母子として、新しい一歩を踏みだすのだ。

店主に礼を言って店を出る。すっかり太陽が昇り、青空が広がっていた。

こんなにも天気がいいのに、気分はまったく晴れない。まるで心に曇天が広がっているようだ。

誰かを喪《うしな》うということは、こんなにも世界が色あせてしまうのか、と改めて思うこととなった。

賑《にぎ》やかになった街中を足早に通り過ぎ、屋敷に戻る。

裏口には執事が待ち構えていて、申し訳なさそうに言った。

「おかえりなさいませ、グラシエラお嬢様。その、フロレンシお坊ちゃんがお目覚めです」

「ええ、ありがとう」

「あの、グラシエラお嬢様、少しよろしいでしょうか？」

父の死について、フロレンシが目覚めてから話すからと執事に伝えていた。けれども、執事の様子が普段と違っていたので、父か私に何かあったのかと聞かれてしまったらしい。

執事はフロレンシからの質問に対し言葉を濁《にご》したあと、すぐに私を呼びに行ったようだが、部屋にあった置き手紙に気付いたという。

正面玄関は執事が管理する鍵でしか開け閉めできないため、裏口から出ていったのだろうと推測したようだ。

「フロレンシお坊ちゃんにはしばし待つようにお伝えしてから、ここでグラシエラお嬢様のお帰りを待っておりました」

「そうだったのですね。すぐに、フロレンシのもとへと向かいます」

今まとっているのはメイド服だが、なりふりなんて構っている場合ではなかった。

急いでフロレンシのもとへと向かう。

彼の部屋の扉を叩くと、勢いよく飛び出してきた。

「グラシエラお姉様、いったい何があったというのですか!?」

フロレンシの小さな肩を抱き、長椅子があるほうへ誘《いざな》う。

すでに不安げな彼に、父の死を告げるのは辛い。けれども、私しか彼に言えないのだ。

「フロレンシ、よく聞いてくださいませ」

「は、はい」

どくん、どくんと脈打つ胸を押さえながら、父の死についてフロレンシに伝えた。

「お父様の容態が急変し、お亡くなりになりました」

「え――!?」

フロレンシは大きな瞳を見開いたかと思えば、一筋の涙をポロリと零す。

「お医者様は以前、お父様はよくなっていると、言っていたのに」

「ええ……」

ここ最近は短い時間だが、起き上がれるようになっていたのだ。

それが昨晩、大量に吐血し、意識が戻らないまま亡くなってしまうなんて。

今でも信じられない。

「うう……ううう!!」

大粒の涙を零し、悲しみに暮れるフロレンシを抱きしめる。

ふたりっきりとなってしまった私達だが、できる限りの準備はした。

もう二度と、同じ過ちは犯さないだろう。

フロレンシを慰めるのと同時に、私はこれからどうすべきか考えていた。

◇◇◇

父の訃報を叔父一家が聞きつけたようで、屋敷にやってきたという知らせを執事から受ける。

ついに、彼らと対峙《たいじ》する瞬間を迎えた。

時間が巻き戻る前の私は、葬儀を取り仕切るという叔父の言葉をありがたく思い、すべてを託した。当時の私は、それが破滅への第一歩だとまったく気付いていなかったのだ。

けれども今の私は違う。

「あの、ご命令どおり、ご一家はエントランスでお待ちいただくようにお声がけいたしましたが、納得いかないと憤っていらっしゃるようでした」

「ええ、想定済みですわ」

以前は叔父一家を父の執務室に通してしまった。そのときに、メンドーサ公爵家の家紋入りの懐中時計を盗まれてしまったのだ。

今回はエントランスで待ってもらい、話をしようと計画を立てていたのである。

「すぐに向かいます」

喪に服すための漆黒のドレスをまとった状態で向かった。

まだ玄関まで離れているというのに、叔父一家の不平不満の声が響き渡っている。

エントランスに繋がる階段に行き着くと、すぐに叔父が私に気付いた。

「ああ、グラシエラ。よかった。お前のところの無能執事が、私達をこのような場所に待機させていたんだ！」

叔母も続けて言葉を付け加える。

「秋とはいえ、玄関は冷えるわ。早く暖炉がある部屋に通してちょうだい」

ソニアは当然の権利だ、とばかりに頷いている。

まずは父を弔う言葉を先に言うべきなのに、彼らは現状の不平を口にしていた。

わかっていたが、実に新鮮な気持ちで呆れた人達だと思ってしまう。

「ガエル叔父様、ロミーナ叔母様、ソニア――みなさま、今日はこちらでお話しいただけたらと思っております」

そう告げると、叔父一家はギョッとした表情で私を見る。

「グ、グラシエラ、何を言っているんだ！　私はお前を助けるために、ここにやってきたんだぞ！」

「必要ありませんわ」

「は!?」

叔父は信じがたい、という瞳で私を見つめる。

「ひ、必要ないって、これから兄上の葬式を行うんだろう？　年若いお前が仕切れるわけがないじゃないか」

「いいえ、立派に果たす自信しかありません。ですので、叔父様方はお引き取りください」

これまで従順な姿しか見せていなかったからか、叔父は呆気《あっけ》に取られているように見えた。代わりに、叔母が諭すように声をかけてくる。

「グラシエラ、あなた、お父様が亡くなって、気が動転しているのね。大丈夫、うちの夫に任せていたら、心配なんて欠片もないから」

「そうよ！　グラシエラ、生意気言っていないで、お父様に従ってちょうだい」

彼女らの言葉にも、首を横に振って応えた。私の意思は断乎として曲がらないと叔父も気付いたのか、強行的な手段に出ようとする。

「どうやら、少し〝わからせてやる〟必要があるようだな」

叔父は手を振り上げながら、階段を上ってこようとした。けれども一歩足を踏み入れた瞬間、叔父の体は目に見えない壁にぶつかったように転倒してしまう。

「は!?」

叔父は立ち上がってもう一度階段を上がろうとしたものの、結果は同じ。

「な、なんなんだ、これは!?」

「〝魔法〟ですわ」

「魔法、だと!?　誰か雇ったのか？」

「いいえ、わたくしが展開させたものです」

「なぜ、お前がそんなもの使えるんだ！」

「叔父様、お忘れですか？　メンドーサ公爵家は国内でも有数の魔法使いの家系だったことを。地下にはたくさんの魔法書があり、知識はいつでも学べる環境だったのです」

私は屋敷のいたる場所に、悪意がある者が通り抜けられない魔法の糸を張っているのだ。

もちろん、ガッちゃんと協力して作ったものである。

これまでレース以外作ったことがなかったのだが、蜘蛛細工《テララニャ》は私の想像力を使ってさまざまなものを完成させる魔法だ。

結界みたいな糸も作れるのではないかと思ってガッちゃんに相談し、作ってみたわけである。

「この魔法はわたくし達に悪意を抱く者が通過できないようになっていますの」

「ば、馬鹿を言うな！　私はお前に悪意なんて抱いていない！　今日だって、助けようと思ってやってきたのに、恩知らずな娘だ！」

まだ私を利用する前なので、このように大きな口がきけるのだろう。

叔父の言葉なんて、欠片も信じるつもりはなかった。

その後、叔母とソニアが私に接近しようとやってくるも、叔父と結果は同じ。

私に接近することすら叶わなかった。

「叔父様、そろそろお帰りください。わたくし、父の葬儀の準備で忙しくて」

「グラシエラ、お前は何を――!!」

叔父一家の前に手を差し伸べ、拳をぎゅっと握る。

その手を引くと、叔父一家は操り人形のような動きで、回れ右をした。

続いて腕を振り払う動作を取ると玄関の扉が開き、叔父一家は外へ投げ出される。

すぐに扉は閉まり、ガッちゃんの手によって施錠された。

「ふう、上手くいきましたわ」

『ニャ！』

これも、ガッちゃんと協力して作った操り人形をイメージした魔法である。

私が話している間に、ガッちゃんが叔父一家の手足を魔法の糸で繋いでくれたのだ。

簡単に追い出すことができて、ホッと胸をなで下ろした。

外からドンドン!!　と勢いよく扉を叩く音が聞こえるが、好きなだけそうしているといい。

たとえ扉を破ったとしても、ガッちゃん特製の糸の結界があるので、侵入は叶わないだろうから。


ひとまず、叔父一家を追い払うことに成功した。

私にとっては大きな第一歩である。

けれども喜んでもいられない。

叔父はこのまま引き下がるような男ではないだろう。

次なる策を打って、危機に備えなければならない。

まず、フロレンシの様子を見に行き、声をかける。

あまり眠れていないようで、顔色が悪かった。

私に心配をかけまいと思っているのか、暗い部屋に引きこもるばかりである。

「フロレンシ、暗い部屋にいては、気持ちが落ち込んでしまいますわ」

カーテンを開いて、太陽の光を部屋に入れる。

フロレンシは眩《まぶ》しいのか、目を窄《すぼ》めていた。

朝食や昼食もまともに口にしていなかった。このままでは、寝込んでしまうだろう。

「フロレンシ、夕食に食べたいものはありますか？」

「いいえ、何も」

フロレンシは私が作るひよこ豆のスープが大好きだった。今はそれすら、食べたいと思わないらしい。

「何か食べないと、元気になりませんよ」

「わかっているのですが、お父様のことを考えると、とても悲しくて……」

「フロレンシ」

小さな体を抱きしめ、あやすように背中を叩く。

「フロレンシ、あなたの元気までなくなってしまったら、お父様も悲しみます。まだまだ辛いかもしれませんが、わたくし達は前を向いて、生きていかなければならないのです」

身を引き裂かれるような辛い出来事があっても、雨に打たれるように悲しい出来事があっても、人生という時間は刻々と進んでいく。

感情に溺れ、自分を見失ってしまったら、それは弱みになる。

そこに付け入るような輩《やから》の食い物にされないためにも、強くならないといけない。

ただこの子はまだ幼く、親の庇護《ひご》が必要な年頃だ。今の彼に強さは必要ない。

「お母様だけでなく、お父様までいなくなるなんて。みんな、みんな僕のもとからいなくなってしまうのです」

母は二年前に、流行病《はやりやまい》で亡くなってしまった。もともと体が強くなく、臥せりがちだった。

生前も母は一年のほとんどを療養地で過ごし、王都の本邸にはほとんど帰ってこなかったのである。フロレンシにとって母は遠い存在であったものの、ずっと大切に想《おも》っていたのだろう。

病という悪魔が、父と母、ふたりの命を奪ってしまった。幼いフロレンシにとって、大きな衝撃だったに違いない。

フロレンシは涙で濡《ぬ》れた瞳で私を見上げる。

言葉はなくとも、いずれ私もいなくなるのだろう、と訴えているように思えた。

父の死と同時に、彼は孤独になることを恐れていたのだ。

それに気付いた瞬間、胸がぎゅっと切なくなる。

私はフロレンシを見つめ、覚悟を口にした。

「これからはわたくしが、フロレンシの〝親〟として生きます。あなたが大人になるまでずっとずっと傍にいますので、どうか心を痛めないでください」

フロレンシはポカンとした表情を浮かべていた。

「え……。お姉様は他の方と結婚するのではないのですか？」

「いいえ、結婚する予定はありません」

「もしや、僕の傍にいるためですか？」

それは違う、とすぐに否定する。

「貴族と言えど、結婚だけがすべてではありませんので」

「そう、なのですね」

本当のことは、彼がもう少し大きくなったら話そう。今は申し訳ないが、本心は隠しておく。

「僕の親になるとお姉様はおっしゃりましたが、具体的にはどういうことをされるのでしょうか？」

「海の国ビネンメーアへ行って、母子ごっこをしませんか？」

私の突拍子もない提案に、フロレンシは目をぱちくりと瞬かせる。

「ビネンメーアで母子ごっこ、ですか？」

「ええ。名前と身分を偽って、しばらくのんびり暮らしましょう」

「なぜ、国を出てまでそのようなことをする必要があるのですか？」

父を亡くしたばかりのフロレンシに、叔父一家から地位と財産を狙われている、なんて刺激の強い理由なんて言えるわけがない。

私はあらかじめ考えていた理由を述べる。

「この国にはお父様との思い出がありすぎて、悲しくなってしまうからです。一度ここを離れて、心を休める時間がわたくし達には必要だと思いました」

可能であるならば、葬儀を執り行った翌日にはここを発《た》ちたい。悠長に構えている暇なんてないのだ。

フロレンシは依然として戸惑っているようだったが、先ほどとは違って瞳に光が宿っているよう

に見えた。

「僕ではない僕になったら、この悲しみから逃れることができるのでしょうか？」

「ええ。あなたは大好きな母親とふたり暮らしをする、幸せな子になれるのですよ」

悲しみに歪《ゆが》んでいたフロレンシの表情が、少しだけ和らぐ。

それを見た私は安堵したのだった。


フロレンシはひとりにしないほうがいいと思い、私の部屋に連れてきた。

しばらくガッちゃんと遊んでいたのだが、一時間くらいで眠ってしまった。

ブランケットをかけ、頰を撫でる。思いのほか、穏やかな寝顔だったので、ホッとした。

ビネンメーアへ旅立つ準備を進めていく。それと同時に、ビネンメーアの大公令嬢であるレイシエル宛てに手紙を書いた。

便箋は魔法が掛かっており、書き上げると自動で折られていく。

それは鳥の形となって、パタパタと飛び始めた。

窓を開くと、大空へ羽ばたいていく。

これが鳥簡魔法か、と感心する気持ちで眺めてしまった。

レイシェルはもうビネンメーアに帰っただろうか。

まだヴルカーノに残っているならば、直接会って話をしたい。

手紙には父が亡くなり、困った状況にある。助けてほしい、と書《か》き綴《つづ》った。

他人同然の私から助けを求められ、迷惑でしかないだろう。

これは聖女と呼ばれる彼女の優しさにつけ込むような行為なのだ。

フロレンシと生き残るためだったら、なんでもするつもりである。

祈るような気持ちで、レイシェルからの返信を待った。

◇◇◇

父を教会に運ぶための霊柩《れいきゅう》馬車を手配し、納棺師《のうかんし》を呼んで葬儀の段取りについても話し合う。

悲しい気持ちはあったものの、めそめそしている暇なんてなかった。

叔父一家は私達が喪に服し嘆いている間に、公爵家を乗っ取ったのだ。一刻も早く、事を進めなければならない。

執事には解職を言い渡す。

これまで誠心誠意仕えてくれた彼にそのような通達をするのは心が痛んだ。

けれどもここを離れる以上、そうするしかないのだ。

執事は私の申し入れを受け入れ、メンドーサ公爵家を去る。

それ以外に残っていた使用人にも、紹介状と退職金を託したのだった。

夕食はフロレンシと静かにいただく。

私が作った料理を、彼は文句のひとつも言わずに食べてくれた。父が亡くなる前から料理を振る舞っていてよかった、と思う。

目が回るように忙しい一日を終え、フロレンシと同じ寝台で眠る。

私が横たわると、眠っているフロレンシが温《ぬく》もりを求めるようにすり寄ってきた。

彼の体を抱きしめ、目を閉じる。

もしかしたら眠れないかもしれない、なんて思っていたものの、体が疲れていたからかすぐに意識は遠のいていった。

◇◇◇

翌日――屋敷に訪問者が現れる。叔父一家ではなく、レイシェルだった。

「グラシエラ様、朝からごめんなさい。お手紙に助けが必要だとあったので、一刻も早く会ったほうがよいと思ったものだから」

「レイシェル様、ありがとうございます」

どうやら彼女はまだ、帰国していなかったらしい。直接会って話したいと思っていたので、正直に言うと助かる。レイシェルは私の手を握り、潤んだ瞳で話しかけてきた。

「お父様のこと、大変だったわね。どうか落ち込まずに」

「ええ、ありがとうございます」

レイシェルは夜会で一度会っただけの私を心配し、励ましの言葉をかけてくれる。

叔父一家とは大違いの優しい女性だ。聖女と呼ばれるのも頷ける。

彼女を比較的手入れが行き届いている客間に案内し、お茶を淹《い》れた。

その様子に疑問を覚えたようだ。

「グラシエラ様、あなたが手ずからお茶を淹れるなんて……。使用人はいないの？」

「全員解雇しました」

「まあ、どうして？」

レイシェルを味方にするために、私は秘密を打ち明けた。

「実は、メンドーサ公爵家の財産を叔父一家に狙われておりまして……。父の生前、容態がよくない中、家を乗っ取られないようにと、現在六歳の弟が成人するまで財産を凍結しているのです」

「そう、だったの。よく、そんなことを決断したわね」

「すべては弟のためですわ。ただ、叔父一家はこの事実を知りません。父が亡くなった日も、意気揚々とやってきて、葬儀を取り仕切ろうとはりきる様子を見せておりました」

この説明で、私とフロレンシが置かれた危うい状況を理解してくれたらしい。

「その叔父様に秘密がバレたら、大変なことになるというわけね」

「ええ、そうなんです」

ここからが本題である。居住まいを正し、レイシェルをまっすぐ見つめながら話した。

「それでわたくし、弟を息子と偽って、ビネンメーアに渡って、しばらく姿を隠そうと思っていますの」

「まあ！　あなた、そんな大胆なことを考えていたの!?」

「ええ。叔父の脅威は以前から感じておりましたので」

以前というのは時間が巻き戻る前の話である。感じるどころの話ではないが、レイシェルに納得してもらうための情報開示はこれくらいで十分だろう。

レイシェルは身を乗り出し、瞳を潤ませながら提案してきた。

「私に何か手伝えることはあるかしら？」

さすが、ビネンメーアの聖女である。話が早い。

申し訳ないという気持ちを表情に浮かべつつ、私はあるお願いをした。

「その、大変図々《ずうずう》しく、難しいことかもしれませんが、ビネンメーアに渡ったあと、仕事と住まいを紹介していただけないか、と思っておりまして」

その辺は想像できていたのだろう。レイシェルは頷くばかりであった。

「でもどうして、グラシエラ様は弟を息子と偽るの？　そこまでしなくてもいいんじゃない？」

「異国の地で、年の離れた姉弟が移り住んできたとなれば、悪目立ちしてしまいそうで」

「たしかに、言われてみればそうね。でもあなたはそれでいいの？」

「いい、というのは？」

「もしもすてきな人が現れても、既婚者だと思って声をかけられないかもしれないわ」

「わたくし、異国の地で誰かと恋をしようだなんて、考えておりませんわ」

既婚者という立場が、私を助けてくれるときもあるだろう。

人妻だとわかっていて迫ってくる男というのは、危険人物としか言いようがない。そういう感覚を持つ人との付き合いを避けるためにも、フロレンシの母として在ったほうがいいのだ。

「あなたの覚悟は相当というわけね」

「ええ」

レイシェルは目を閉じ、腕を組んで何か考えているようだった。

普通の人ならば、知り合ったばかりの異国人に助けの手を差し伸べることなどしないだろう。

ただ、彼女は聖女と名高い女性だ。

両手を合わせ、どうかお願いと祈りを捧げる。

「わかったわ。あなたと弟さんを支援しましょう」

「レイシェル様、よろしいのですか!?」

「ええ。私も少し困っていることがあって、それを解決するにはあなたの手を借りればいいと気付いたの」

「困っていること、ですか？」

「ええ」

レイシェルは眉間の皺《しわ》を解《ほぐ》しながら、事情について話し始める。

「私のお祖母様《ばあさま》なんだけれど、人嫌いで、側付きを置かないの。趣味と言ったら年が離れた独身の騎士を呼んでお茶を飲むばかりで。せめてひとりでもいいから誰か傍に置いてほしいって思っていたのよね」

「そ、それは……」

未婚の騎士との茶会が趣味だなんて、なかなか元気なお祖母様である。

「グラシエラ様、あなただったら気に入られるはずだわ。どうかしら？　お祖母様の側付きをするというのは？」

お祖母様の屋敷には使っていない離れがあるようで、そこで暮らすのはどうか？　と提案される。

「屋敷のお庭は美しくて、静かな場所よ。若い人はつまらない土地だなんて言うけれど、私は大好きなの。どうかしら？」

「その、とても光栄なのですが、側付き、という仕事は経験がないので、心配な部分があります」

「あら、そう？　あなたが淹れてくれた紅茶、とってもおいしいわ。きっと、お祖母様も絶賛するはずよ」

正直なところ、他人から好かれる自信なんてない。これまで付き合いのあった人達は、私がメンドーサ公爵家の娘という前提で仲良くしてくれたのだろうから。

けれども貴婦人の側付きができるなんて、またとない好待遇である。

静かな土地というのも、フロレンシにとっていい環境だろう。

「レイシェル様、ありがとうございます」

深々と頭を下げ、レイシェルの提案を受け入れたのだった。

◇　◇　◇

あらかじめ用意していた私とフロレンシの服を、鞄《かばん》に詰め込む。

裕福な貴族の母子だと思われないよう、普段着ているものよりも質が劣る服を選んだ。

ガッちゃんは小さな布きれを広げ、好物である角砂糖を包んで背負っていた。準備に抜かりはないようである。

荷物はレイシェルの使用人に託した。なんでも先にビネンメーアに送ってくれるらしい。

ビネンメーアまでは船で三日ほど。

三日分の荷物以外は、身ひとつで行けるというわけである。

なんとも助かる支援であった。

ビネンメーアでの生活はなんとかなりそうで、ホッと胸をなで下ろす。

けれども、まだまだ油断ならない。

自室に展開してある、蜘蛛の糸で編まれた魔法陣が微《かす》かに動いた。

悪意を持つ誰かが、屋敷に侵入しようとしたのだろう。

今日だけで、この反応を見るのは何回目になるのか。

偵察に行ってくれたガッちゃん曰く、やってきたのは叔父ではなく、黒尽《ず》くめの男達らしい。

記者ならば、そのような恰好《かっこう》をしていないだろう。

おそらく叔父が仕向けた無頼漢に違いない。

私達を攫《さら》って、思いどおりにするつもりなのだろうか。

目的なんて聞かずともわかる。メンドーサ公爵家の地位と財産を我が物にしたいのだ。そのためにはどうにかして葬儀の指揮を執り、自分の手柄にしたい。なんて考えているに違いない。

父の葬儀は明日行う予定だ。親族は呼ばずに、私とフロレンシだけでひっそりと執り行う予定である。もちろん叔父は納得しないだろうから、私達が王都を発ったあとに、二回目の葬儀を行う予定だ。すでにそれらは納棺師に依頼しており、叔父が喪主となる。きっと叔父は喜んで、二回目とも知らずに喪主を務めるのだろう。それを知らせる手紙が、そろそろ届いているはずである。

数時間後——魔法陣は反応しなくなった。

ひっきりなしにやってきていた侵入者が、ぱたりと訪れなくなったのだ。

叔父は無事、手紙を受け取ったに違いない。

やはり、葬儀の件で私を説得するために、屋敷から連れ出そうと画策していたのだろう。

「あの、お母さん？」

フロレンシから呼ばれ、振り返る。お母さん、というのは私のことだ。

これから私達は母子としてビネンメーアに移り住むので、出発前から私を「お母さん」と呼ぶ練習をさせている。

育ちがよいと思われると、財産目当てに誘拐されてしまうかもしれない。

そのため、一応貴族だけれど、そこまで裕福ではないと暗に主張するため、「お母様」や「母上」

ではなく、「お母さん」という、上級貴族の子息が口にしない呼び方をするようお願いしておいた。

フロレンシは思いのほか、私をお母さんと呼ぶことに違和感を覚えないようで、本当の息子のように接してくる。順応していないのは、私のほうかもしれない。お母さんと呼ばれるたびに、内心ギョッとしてしまうのだ。

「フロレンシ……いいえ、レンでしたね」

「ええ」

「ごめんなさい。わたくしのほうが慣れていなくて」

「大丈夫です。お母さんは、本番に強いので」

「そう、だといいのですけれど」

フロレンシの名前でさえ、こうして間違えてしまう始末である。私が発案者なのに、呆れた話だ。

これから私はララ・ドーサ、フロレンシはレン・ドーサとして生きなければならない。

出発までに慣れなければならないのに……。

「レン、それよりもどうかなさったの？」

「明日は早いので、お母さんはいつ眠るのかな、と思いまして」

「ええ、そうですわね」

父の葬儀は太陽が昇る前の早朝に執り行う。

そのため、今晩は早く眠らなければならないのだ。

「そろそろ眠りましょうか」

「はい！」

予定よりも早いがやることもないので、フロレンシと共に寝台に潜り込む。

一緒に眠るのは、叔父を警戒するのと同時に、本物の母子のように見せるための訓練だ。

そう言い聞かせているものの、夜、こうしてフロレンシが傍にいると安心する。

私の心の安寧のために、一緒に寝てもらっているのかもしれない。

緊張していて眠れないかも、と思ったものの、目を閉じた瞬間に意識は遠のいていった。

◇◇◇

ついに、葬儀当日を迎える。

まだ夜とも言えるような時間帯に、父の亡骸は納棺師によって棺の中へと納められる。

丁寧に霊柩馬車へと運ばれ、私とフロレンシが乗り込むと走り始めた。

通常であれば、棺は礼拝堂へと運ばれる。けれどもそれは故人が家族以外との別れをするための場所なので、今回はそのまま墓地へと向かった。

墓地ではすでに母が眠っていた隣の土が深く掘り起こされ、父の棺が埋葬される。

そこに、庭に生えていたオークの枝を添えた。

オークは古くから船を造る素材として使われることから、死を新しい旅立ちと解釈し、立派な船出になるよう、棺と共に植えることを習慣としているようだ。

フロレンシは聖水を棺に振りかけ、父の身に悪魔が近寄らないよう祈りを捧げた。

彼は今日も泣くかもしれない、と思っていたものの、なんとか堪《こら》えているようだ。

そんなフロレンシを抱きしめ、これからはふたりで生きようと覚悟を決める。

父の棺は納棺師の手によって埋められていった。

そんな様子を前に、私は父へ語りかける。

「お父様、フロレンシはわたくしが絶対に守りますので、どうかお母様と一緒に見守っていてくださいませ」

祈りを捧げる手に、ポツ、ポツ、ポツと冷たい雨が降り注いできた。

泣けない私達の代わりに、空が涙してくれているようだった。

雨が酷くなる前に、墓地から去る。

納棺師はこのまま残り、二回目の葬儀を執り行うために、別の場所の土を掘り起こすようだ。

屋敷にはすでに、父の遺体に偽装させた人形が置かれている。当日はそれを丁重に運んでもらい、棺へ納めてもらうのだ。

なんとか葬儀が終了したので、ホッと胸をなで下ろす。

太陽は朝になっても顔を覗かせることなんてなく、空は暗い雲が広がっていた。

フロレンシがくしゅん、とくしゃみをしていた。雨で体が冷えてしまったのかもしれない。まだ集合時間まで余裕があるので、彼だけでも一度お風呂に入らせてから出発しよう。

……なんて考えがよくなかったのか。

レイシェルが指定していた場所へ向かおうと屋敷を出発し、大通りへ一歩踏みだした瞬間、叔父と出くわしてしまう。

「グラシエラ、お前――――！」

叔父は怒りに歪んだ表情で迫ってきた。

葬儀の喪主に任命されたので、私との接触は諦めたと思っていたのに。

片手には三日分の荷物が入った鞄があり、もう片方の手はフロレンシと繋いでいる。

すぐに逃げられるような状態ではなかった。

「メンドーサ公爵家の地位と財産を凍結したというのは本当なのか!?」

「どうしてそれをご存じなのですか？」

「アントニーから聞いた！」

口止め料を払っていたはずなのに、約束を破ってくれたようだ。

父が亡くなったので、効力を失ってしまったのだろう。

「わたくしはよく存じませんので、国王陛下にお伺いくださいませ」

おそらく叔父が謁見を希望しても叶わないだろう。その件に関しても、生前の父に頼んでおいたのだ。申し訳ないと思いつつも、国王陛下に問題を丸投げする。

「兄上の娘であるお前が、知らないわけがないだろうが!!」

叔父が私に向かって手を上げた瞬間、ガッちゃんに指示を出す。

「ガッちゃん、お願い！」

『ニャ！』

勇ましく鳴いたガッちゃんは、目に見えない糸を叔父の腕に数回ぐるぐると巻き付けたあと、近くにあったガス灯に飛びつく。

叔父の腕に巻き付けた糸を伸ばし、ガス灯にくくり付けてリボン結びにした。

私のもとへ戻ってきたガッちゃんは、上手くできたと長い足でマルを作っていた。

「ガッちゃん、ありがとうございます」

『ニャニャ〜』

繋がれた犬のような状態になった叔父は、自由が利かなくなった腕を不思議そうに見上げる。

腕がそれ以上、上がらないことに気付いたようで、力任せに引っ張り始めた。けれども魔力で緻《ち》密《みつ》に編まれた糸は、人の力で切れるわけがない。

「ぐ、ううう！　な、なんだ、これは!?　グラシエラ、またお前の仕業なのか!?」

「どうでしょう？　よくわかりません」

「馬鹿を言うな！　メンドーサ公爵家の屋敷にも、誰も足を踏み入れられないような妙ちきりんな魔法をかけていただろうが！」

「あれはわたくし達に悪意を抱く者達を遠ざけるだけの魔法ですわ。普通は出入りできるはずです」

叔父は顔を真っ赤にして、怒りをぶつけてくる。

「この、悪女……いいや、悪《あ》しき魔女め!!」

なんとでも言えばいい。フロレンシを守るためならば、私は悪女にでも魔女にでもなってやろうではないか。

「フロレンシ、そろそろ行きましょうか」

「は、はい」

叔父を前に一礼し、その場を去る。

背後より罵声が聞こえていたものの、まったく気にならなかった。

レイシェルが宿泊していた高級宿の前には、立派な馬車が十数台並んでいた。

数台は荷物や使用人用のものなのだろう。

レイシェルはちょうど乗り込む瞬間だったようで、私達に気付いて声をかけてくる。

「ララさん、こっちよ！」

今、この瞬間から、私はララ・ドーサとなり、フロレンシはレン・ドーサとなる。

一度フロレンシと顔を見合わせ頷きあったのちに、レイシェルのもとへと駆け寄った。

フロレンシは六歳とは思えないほど立派な挨拶を、レイシェルに披露した。

「あなたがレンね。聡明《そうめい》そうな子じゃない」

フロレンシは照れたような表情を浮かべ、淡くはにかんでいた。

レイシェルがビネンメーアの大公令嬢ということで緊張していたようだが、一気に解れたようだ。

「あなた達が乗るのはこの馬車よ。ゆっくりくつろいでちょうだいな」

「はい、ありがとうございます」

お言葉に甘え、馬車へと乗り込んだ。

車内はフカフカの座席に、落ち着いたマホガニー素材の内装である。

フロレンシが乗ったあと、レイシェルも乗車する。

思わず驚いた表情を浮かべると、すぐに気付かれてしまった。

「あら、私はお邪魔だったかしら？」

「い、いえ、勝手ながら、婚約者の方とご一緒するものだと思っておりまして」

「彼は外交官で、まだ数日、ヴルカーノに残るの」

「そうだったのですね。その、道中お世話になります」

「こちらこそ」

レイシェルが合図を出すと、馬車は走り出す。

切ない気持ちで王都の街並みを眺めていると、ガス灯に繋がれて大騒ぎしている叔父を発見してしまった。

周囲には人だかりができていたが、皆遠巻きに見ているだけのようだった。

大通りの通行を妨害するほどの人が集まっているようで、馬車は止まってしまった。

「なんの騒ぎ？」

レイシェルは前方に繋がる窓を開いて、御者に説明を求める。

「あ――……なんでしょう？　大道芸人が何か見せ物をしているようです」

「迷惑な話だわ」

窓が開いたからか、叔父の絶叫が聞こえる。魔女の仕業だの、グラシエラは悪女だの、よく通る声で叫んでいた。

魔法の糸を無理やり引きちぎろうとしているからか、叔父の体はとんでもない角度に傾いている。

人々にも糸が見えないので、叔父が何か芸をしているように見えるのだろう。

さらに叔父が大騒ぎしているので、このように人を集めてしまったようだ。そろそろ解放しよう。

こっそりガッちゃんに合図を出すと、魔法の糸は叔父の腕から外れる。

拘束がなくなった叔父は、勢いよく転倒していた。

「へぶしっ!!」

叔父が悲鳴をあげつつ地面に転がっていくと、人々は芸が終了したと思ったようで、散り散りになっていく。

騎士達も駆けつけ、交通整理がなされた。

さらに私の名を叫び続けていた叔父は騎士に拘束され、どこかへ連行されていく。

馬車は五分後に動き始めたので、ホッと胸をなで下ろした。


王都から馬車を走らせること三時間――港町へ到着する。

そこから三日間かけて、ビネンメーアへと行くのだ。

なんでも屋〝禁断の木の実《フルットプロイビート》〟で購入した旅券は問題なく審査を通過し、海上にある国境を越えることができた。

フロレンシは初めての船旅を楽しんでいるようで、よかったと心から思う。

船内では叔父の脅威にさらされることなく、レイシェルともたくさん言葉を交わし、いい気分転換になった。

あっという間の船旅を終えた私達は、ビネンメーアへと降り立ったのだった。

第2章　とんでもない出会い

潮風を帯びた風が頬《ほお》を撫《な》でる。

ビネンメーアはヴルカーノより温暖な気候だからか、肌寒さはあまり感じない。

ガッちゃんは変わらず元気なようで、ホッと胸をなで下ろす。妖精族がいないというビネンメーアへの入国ができるか心配していたのだ。

フロレンシは楽しそうに、見慣れぬ港町の雰囲気を楽しんでいた。

周囲は下船する乗客と荷下ろしを行う船員、それから商品を受け取りに来たであろう商人達でごった返していた。

フロレンシの手をしっかり握り、離れ離れにならないように努める。

そんな状況の中、レイシェルが話しかけてきた。

「雑然とした港町で、驚いたでしょう？」

「いいえ、活気があって、賑《にぎ》やかな港町だと思いました」

行き交う人々の瞳は輝いていて、希望に溢《あふ》れている。

ヴルカーノの殺伐としていて忙《せわ》しない港町とは大違いだった。

「そういうふうに言ってくれて、嬉《うれ》しいわ。私、この港町が好きなの」

「わたくしも、好きになりそうです」

レイシェルは安堵《あんど》したように微笑《ほほえ》む。

迎えにやってきた使用人の案内で馬車へ乗り込み、直接レイシェルの祖母の家を目指すらしい。

フロレンシのために、ぬいぐるみやオモチャがたくさん積まれた、あまり揺れない子ども用の馬車を用意してくれたらしい。赤や黄色のかわいらしい塗装がなされており、車体も通常の馬車よりひとまわりほど小さい。

フロレンシは目にした瞬間、喜んで乗っていた。彼の面倒はメイドが見てくれるので、心配はいらないという。

私とレイシェルは別の馬車で行くようだ。

「お祖母様《ばあさま》について、詳しくお話ししなければならないわね」

レイシェルの表情が暗くなる。

ここで、子ども用の馬車はフロレンシに話を聞かせないために用意したのだと気付いた。

馬車が動き始めると、レイシェルは重たい口を開く。

彼女の祖母は侯爵夫人で、名前はデルマ・フォン・ファルケンハイ。

「私の母は祖母の末娘なの。つまり、私はお祖母様にとって外孫というわけ」

人嫌いをするという侯爵夫人との仲は正直良好とは言えないらしい。

「ビネンメーアの国の人達は、内孫と外孫がいたら、内孫を特別にかわいがる傾向にあるの。だからまあ、仕方がない話なのよね」

　ヴルカーノの貴族は外孫であろうが、内孫であろうが、家族に関心が薄い者が多い。祖父母にかわいがってもらった記憶がない私にとっては、驚くべき情報であった。

「お祖母様がもっともかわいがっていたのは、イルマという内孫の中で唯一の女性だったわ」

　レイシェルにとっては伯父の娘で、従姉《いとこ》に当たる人物らしい。

「伯父様を若くして亡くしたものだから、忘れ形見でもあるイルマをお祖母様は特にかわいがっていたみたいで――」

　目に入れても痛くないほど愛しただけでなく、王族に嫁がせるための特別な教育も施していたらしい。

「お姫様のように育てられたイルマは本当に美しかったし、幸せの象徴みたいな女性だったわ」

だった、という過去を示唆するような物言いが引っかかる。

　彼女に何かあったのかと気になっていたら、その理由についてレイシェルは打ち明けた。

「イルマは十八歳という若さで、ある日突然、亡くなってしまったの」

　三年前の霜が降りるほどの寒い朝――イルマは湖に浮いた状態で発見されたらしい。

「騎士隊の調査では、足を滑らせて落ちた結果、溺れて死んでしまった事故として処理されたわ。けれども、真冬の湖に、侍女も連れずにイルマがひとりで近付くなんてありえないの。だから私は、自死を選んだのではないか、と考えているわ」

「どうして彼女はそのような選択をされたと思うのですか？」

侯爵家の事情に首を突っ込むのはよくない。けれども、藪《やぶ》をつついて蛇を出すようなうっかり発言をしてしまったら大変だ。侯爵夫人にお仕えする以上、私は最低限の事情を知っておかなければならない。

「理由についてはよくわからないの。けれども彼女はとても病弱で、医者からは子どもが産めないかもしれない、って言われていたわ。結婚してもお役目が果たせないことを嘆いたのかもしれないし、そうではない、別の事情を憂いて命を絶ってしまった可能性もあるわ」

天真爛漫《てんしんらんまん》で心優しい気性である一方、繊細で傷つきやすく、他人の目を気にしすぎる性格の持ち主だったらしい。

「お祖母様の愛や期待も相当なものだったから、それを重たく感じた可能性もあるけれど……正直なところ、決定的な理由はよくわからないの」

イルマの死後、侯爵夫人の人嫌いは加速し、使用人も最低限の人数しか傍《そば》に置かなくなったらしい。これまで親しくしていた知人や友人すらも遠ざけ、独りでいるという。

「屋敷にいるのは、家事を担当するメイドが数名に、従僕がひとり、あとは料理人がいるばかり」

夫である侯爵ですら、家に戻ってくるなと言う始末だったという。

「もともとお祖父様《じいさま》は愛人を囲っている別邸暮らしで、本邸に戻ってくるのは月に一度か二度だったので、その辺は問題なかったのだけれど」

もちろん、レイシェルが訪ねてくることもよく思わないらしい。

そんな人物の傍に置いてもらえるのか、だんだんと不安になってくる。

使用人達は全員通いで、週に一度は誰もいない日があるという。

ひとりになりたいから、と宣言し、使用人の休日にしてしまったようだ。

「お祖母様は持病がおありで、一度薬を飲むのを忘れて、倒れていたことがあったわ」

最悪なことに、その日は使用人の休日だった。

危険な状況だったものの、ちょうど侯爵夫人を訪ねる者がいたのだ。

「それが、お祖母様唯一のお茶飲み友達である、リオン・フォン・マントイフェルよ」

「えっと、彼はいったい何者ですの？」

「王族の近衛騎士を務めているの。怪しい男性《ひと》ではないわ。たぶん」

近衛騎士と聞いて安堵するも、レイシェルが付け加えた「たぶん」という発言が引っかかった。

「彼はどういういきさつで、侯爵夫人のお茶飲み友達になれたのでしょう？」

「そうね。マントイフェル卿《きょう》はなんと言うか、他人の懐に入り込むのがとっても上手《じょうず》なの。人懐っこい犬みたいな人物とでも表現したらいいのかしら？」

朗らかで明るく、とても賑やかな人物らしい。

「もともとはマントイフェル卿のお母様とお祖母様が、お茶飲み友達だったようなの」

けれどもマントイフェル卿の母親が亡くなってしまったので、彼が引き継ぐ流れになったらしい。

「最初はお祖母様も拒否反応を示していたようだけれど、絆《ほだ》されてしまったのよ」

ここで、レイシェルが私の手を握り、ぐっと接近してくる。

「お祖母様はとても頑固で、冷たく感じるかもしれないけれど、情に厚いお方なの。根気強く接していたら、きっと認められるはずだわ」

　もしものときは、マントイフェル卿の言動を参考に打ち解けてほしい。

　レイシェルは真剣な眼差《まなざ》しで私に訴えたのだった。

　馬車はだんだんと海から遠ざかり、深い木々に囲まれた森の中を走る。

「お祖母様の屋敷は、王都に立ち寄ってからのほうがよかったかしら？」

「いいえ、このまま向かっても問題ありません」

　ビネンメーアの王都は港町の数倍活気があって賑やかなようで、静かに過ごしたい私やフロレンシにとって、郊外にある侯爵夫人の屋敷はありがたかった。

　港町から馬車で揺られること二時間――侯爵邸に到着した。

　屋敷は森の中にあり、都会の喧噪《けんそう》を忘れさせてくれるような、自然豊かな場所だ。

　馬車が屋敷の玄関前まで入れるほど広い。これだけの規模の屋敷は、堂々たる住まい《カントリーハウス》以外で目にしたことなどなかった。

　フロレンシと二時間ぶりの再会を果たす。楽しい時間を過ごしていたようで、上機嫌だった。

「レン、侯爵夫人の前では、いい子でいるのですよ」

「はい、わかりました」

　心配いらないだろうが、念のために言っておく。

　レイシェルの従僕が扉を開いたが、出迎えにやってくる使用人はいない。どうやらいつものことらしい。皆、振り分けられた仕事をするのに精一杯で、来客に備える余裕がないようだ。

「そもそもお祖母様はお客さんが訪ねてくるのを歓迎していらっしゃらないから、普段から誰かやってきても放っておくように使用人は言われているの」

「施錠もしていないで、大丈夫ですの？　悪い人が押しかけたら、どうするつもりなのでしょう？」

「私も指摘したことがあるのだけれど、そういう事態になれば運命を受け入れるとおっしゃっていたわ」

「まあ！」

　まるで人生に希望も何もないような物言いである。

　愛する孫娘を亡くした結果、そのように自暴自棄な考えになってしまったのだろうか。

「お祖父様にも相談したけれど、お祖母様の言うとおりにしなさい、って諭されてしまったわ。だから、言うとおりにしていたのだけれど、ずっと心配で」

　一時期はレイシェルが同居することも考えたようだが、拒否されてしまったという。

「もうすぐ結婚する身で、花嫁修業もせずに老人と暮らすなんて、と非難されたの。イルマはずっと一緒に暮らしていたのに、酷《ひど》い話よね」

　おそらく侯爵夫人は、誰かと共同生活をする気力なんてないのだろう。

　厳しいことを言って突き放しているように聞こえるが、実際はレイシェルに迷惑をかけないように言ったのかもしれない。

「お祖母様は今の季節はたいてい、屋敷内温室《コンサバトリー》にいらっしゃるの。こっちよ」

　使用人と一度もすれ違わない、静寂に包まれた屋敷の中を進んでいく。

行き着いた先は屋敷の南側に造られている、太陽光がやわらかく差し込むガラス張りの部屋だ。

コンサバトリーでは、南国の果物や花々が育てられているらしい。コンサバトリーも施錠はされていないようで、レイシェルの侍女がドアノブを捻《ひね》っただけで開いた。

内部は花や木々の香りが漂い、さわやかな空間である。

美しいガラスは丁寧に手入れをされているからか、曇りのひとつもない。

「コンサバトリーだけは三日に一度、庭師を呼んで手入れをさせているみたい」

「そうだったのですね。とても美しいです」

天井はドーム型になっており、中は太陽光を浴びて暖かだ。

肌寒い季節にはうってつけの場所なのだろう。

しばらく歩いた先に、人の姿を発見する。

背中をピンと伸ばして椅子に腰かける、優雅な貴婦人――きっと侯爵夫人だろう。

レイシェルが声をかける。

「お祖母様、レイシェルよ。久しぶりね」

話しかけても、侯爵夫人は振り返るどころか返事すらしない。

彼女の人嫌いは思っていた以上に深刻なようだ。

「手紙で知らせた側付きの女性を連れてきたの」

そう言うやいなや、侯爵夫人は私達を振り返る。白髪を美しくまとめ、刻まれた皺《しわ》と目付きに厳しさを感じる女性は、睨《にら》むように私へ視線を向けた。

「お祖母様、こちらはヴルカーノからやってきた、ララ・ドーサさん」

なるべく優雅に見えるよう、丁寧に膝を折った。

ピリッとした空気に震えてしまう。私に対する敵対心のようなものをヒシヒシと感じてしまった。

「あなたへ送った手紙にも書いたけれど、側付きなんて必要な――」

侯爵夫人はフロレンシに気付いたようで、ハッと驚いた表情を浮かべる。

「その子どもはなんなの？」

「ララさんの息子よ。レンって言うの」

フロレンシは礼儀のお手本のような完璧な会釈を披露する。

「子連れでビネンメーアまでやってきたということは、相当なワケアリなのね」

「ええ……」

レイシェルは物憂げな様子で言葉を返す。

ここで侯爵夫人がレイシェルの侍女にフロレンシを他の部屋へ連れていくように命じる。

フロレンシがコンサバトリーからいなくなったあと、ため息交じりで問いかけてきた。

「いったい何があって、こんなところまでやってきたというの？」

「それは、お祖母様のお耳に入れるのは、少々お辛《つら》いかもしれません」

「いいから話してちょうだい」

レイシェルはそっと私の背中を叩《たた》く。自分で説明するように勧めているのだろう。

私は一歩前に出て、ここへやってきた理由について述べた。

「実は、夫が大量の借金を抱えているだけでなく、暴力を振るうようになりまして……わたくしだけならばまだしも、レンにまで酷いことをするかもしれないと考えたら、いてもたってもいられなくなり、ビネンメーアまで逃げることにしました」

そんな状況でレイシェルに出会い、助けを求めたのだと、事情を説明した。

レイシェルは侯爵夫人にグイグイと接近し、拳を握って訴える。

「お祖母様、ララさんは頼れる親戚や友人がひとりもいない上に行く当てもなく、とんでもなく気の毒な女性なの。どうか、傍に置いていただけないかしら？」

「でも、ここは……」

「お祖母様が見捨てたら、彼女は幼い息子と路頭に迷うことになるの！」

レイシェルが必死に訴えるも、侯爵夫人の態度は頑《かたく》ななまま。

「あなたが面倒を見ればいいだけじゃない」

「うちの家は、紹介状がない使用人は雇えないのよ。お祖母様、どうかお願い!!」

レイシェルの熱い演技に、内心舌を巻く。ここまでやってくれるとは、まったくの想定外だった。

侯爵夫人も勢いに呑《の》まれているようで、体をのけ反らせている。

ただ、表情は険しいままだった。

もしかしたら断られるかもしれない。そうなったら、レイシェルの言葉のとおり、路頭に迷うことになるだろう。

暗澹《あんたん》たる未来に、絶望だけが押し寄せる。

行き詰まった状況を切り裂くような打開策が必要なのに、頭が真っ白になって何も思いつかない。

レイシェルのほうをちらりと横目で見たら、焦っているのか顔色を悪くさせている。どうやら策や説得の言葉は尽きているらしい。

じっと侯爵夫人に見つめられ、額にぶわっと汗が浮かぶ。蛇に睨まれた蛙《かえる》の心地を味わった。

負けてはいけない、と強い眼差しを向けつつ、重ねて懇願する。

「どうか、お願いします！」

これだけ頼み込んでも、侯爵夫人の表情は変わらない。

気まずい沈黙に包まれる。レイシェルが後押しするように、侯爵夫人に言葉をかけた。

「お祖母様!!」

は――、とこの世の深淵《しんえん》にまで届きそうなため息が聞こえた。

ダメだったか。そう思っていたが――。

「……わかりました。好きになさい」

「ありがとう!!」

「あ、ありがとうございます」

侯爵夫人のもとへ近寄ろうとしたら、キッと鋭く睨まれてしまった。

「ただ、側付きとして侍《はべ》る必要はないわ。私のことは放っておいて」

思いっきり突き放すような言葉に、がっくりしてしまう。

前途は多難というわけだ。

ひとまず、ここにいてもいいと許されただけでもよしとしよう。

侯爵夫人はひとりになりたいから、と言って私達を下がらせる。

コンサバトリーから出ると、レイシェルに謝罪された。

「ごめんなさい。お祖母様、今日は機嫌がよろしくなかったみたいで……というか、いつもだいたいあんな感じなの」

「いいえ、とんでもない。追い出されなかったので、ホッとしているところでした」

本当の人間嫌いならば、見知らぬ子連れ女なんて追い出すだろう。

「ひとまずここでの滞在は許されたようですので、侯爵夫人の支えになれるよう、努めてみせます」

レイシェルは私の手を握り、「ありがとう」と言ってくれた。

感謝しないといけないのは、私のほうなのに……。

長い廊下を歩きながら、レイシェルは屋敷での過ごし方について教えてくれた。

「必要な品があれば、三日に一度やってくるご用聞きの商人に頼むといいわ。ドレスでも、化粧品でも、なんでも頼んでちょうだい」

この屋敷は侯爵の監視のもと、次期当主であるライルという男性が管理しているらしい。

「ライルはイルマの兄で、私の従兄《いとこ》でもあるの」

現在三十歳で、亡くなった父親の代わりに祖父である侯爵の補佐をしているらしい。

「今度夜会か何かで、紹介するわ」

「は、はあ」

「お祖母様に似て少し偏屈なところはあるけれど、まあ、いい人よ」

外国人であり、身分があやふやな私が夜会になんて参加する資格があるのか。疑問でしかないが、ここでお世話になる以上、挨拶はしておいたほうがいいのだろう。

「あの、侯爵様はわたくしの存在はご存知なのでしょうか？」

「知らないというか、知らなくてもいいわ。お祖父様は若い女性が大好きなの。あなたの境遇を聞いたら気の毒がって、愛人として別邸に囲いたいって言い出すはずよ。そういうのは、嫌でしょう？」

「それは――」

フロレンシと生きていくためならば、若さと女性であることを武器に誰かに依存することも覚悟していた。

はっきり嫌だと拒否できる立場に、私はいないのだ。

そんな気持ちが表情に出ていたのか。レイシェルはすぐに謝罪した。

「ごめんなさい。余計なことを言ってしまったわ」

「いいえ」

そんな話をしているうちに、フロレンシが待つ部屋へと行き着いた。

扉を開くと、レイシェルの侍女以外にもうひとりの女性がいた。

「ああ、ちょうどよかった。彼女はメイドのひとり、アニーよ」

年頃は二十過ぎくらいだろうか。栗毛《くりげ》に黒い瞳を持つかわいらしい女性だ。

「お祖母様は彼女の無口なところが気に入っているの」

ララ・ドーサだと名乗ると、アニーはペコリと会釈する。その後、言葉を交わすことはなく、レイシェルが何か耳打ちすると、そそくさと部屋から去っていった。

「アニーはいつもあんな感じだから、気にしなくてもいいわ」

もうひとりのメイドの名前はローザ。十八歳の女の子で、こちらはお喋《しゃべ》りらしい。

「ローザは一度捕まったら永遠に話しかけてくるから、ほどほどに付き合ってちょうだい」

「わかりました」

「あなたについては他の使用人に話しておくようアニーに頼んでおいたから、トニーやロイドと屋敷ですれ違ったら挨拶すればいいわ」

トニーは侯爵家に三十年もの間勤める熟達した料理人で、ロイドはライルが送り込んだ秘書官兼従僕らしい。

「一応、あなたがお祖母様の次に偉い立場にあるから、彼らに命令しても構わないわ」

忙しいので、聞き入れてもらえるかはわからないけれど、と付け加えられる。

「屋敷も掃除が行き届いていなくて、驚いたでしょう？」

「いえ、我が家も使用人を最低限の人数しか置いていなかったものですから、似たようなものと言いますか」

「そうだったわね」

心配はいらない、とレイシェルを安心させておく。

その後、侯爵夫人の私室や寝室、厨房《ちゅうぼう》やリネン室、蒸留室《スティルルーム》に備品庫など、最低限の部屋の案内をしてもらった。

使用人がいそうな場所に足を運んだのに、彼らの姿は影も形もなかったわけである。

続いて、私達の生活の拠点となる小さな家《コテージ》を案内してもらった。

裏口から外に出ると、豊かな庭が迎えてくれる。

そばかすが散ったような花を咲かせるフレックルスや、剣のようにまっすぐな茎を生やすアイリス、馨《かぐわ》しい芳香を放つダフネなど、冬の花々が咲いていた。

少し雑草が生えてはいるものの、きれいに整えられている。

週に一度は庭師を大勢呼び寄せ、手入れを頼んでいるらしい。

スノードロップに囲まれた道を歩いた先に、コテージが立っていた。

「ここがそうよ」

蜂蜜色の煉瓦《れんが》造りの、かわいらしい平屋建ての一軒家である。

フロレンシは「わー！」と歓声を上げ、玄関のほうへと走っていった。

「すてきなお家《うち》ですね」

「ええ、そうなんだけれど」

レイシェルがぐっと接近し、まさかの情報を耳打ちする。

「ここはお祖母様が建てた離れなんだけれど、お祖父様が若い頃、あまりにも愛人を屋敷に連れ込むから、〝避難〟と〝非難〟、両方の意味を込めて造った家だそうよ」

「そ、そうだったのですね」

子どもをふたり産んだあとは立場が逆転し、侯爵夫人は侯爵と愛人を屋敷から追い出したらしい。

その後、このコテージは侯爵夫人がひとりになりたいときに立ち寄る場となっていたようだ。

「ワケアリなコテージだけれど、使ってくれたら嬉しいわ」

「はい」

内部は週に一度掃除するようメイドに頼んでいたらしい。すぐに使える状態にあるようだ。


すでに、先に送った私達の荷物はコテージに運び込まれているらしい。

ヴルカーノからビネンメーアへ手持ちで運んできた鞄《かばん》も、いつの間にか玄関に置かれていた。

「では、コテージの鍵を渡しておくわね」

レイシェルの手から、ずっしり重たい鍵の束が差しだされた。

「コテージ以外の、屋敷の鍵も渡しておくわ」

「そ、そんな大切なお品を、わたくしが持っていてもよいのですか？」

「安心して。これは家政婦長が持ち歩く予備《スペア》だから」

予備と言っても、用途に違いはない。

戸惑う私の手に、鍵の束が託されてしまった。

「あとこれも、渡しておくわ」

それは鳥籠魔法がかかった便箋と封筒である。

「何か困ったことがあったら、これで知らせてちょうだい」

「ありがとうございます」

レイシェルは少し潤んだ瞳で私を見つめたかと思えば、鍵の束を握った手に触れてきた。

「ララさん、お祖母様のこと、お願いね」

「はい、承知しました」

レイシェルは後ろ髪を引かれるような様子で、去っていった。

彼女の姿が見えなくなるまで見送り、踵《きびす》を返す。

フロレンシはいてもたってもいられない、という様子でコテージを眺めていた。

「さて、中に入ってみましょうか」

「はい、お母さん！」

鍵を開けて中へと足を踏み入れる。

コテージの内部は花柄の壁紙が美しく、胡桃《ウォールナット》の木で作られた重厚感のある家具が趣味よく並べられていた。

革張りのソファは座り心地がよく、長時間座っていても疲れそうにない。

天井から吊《つ》り下《さ》げられたクリスタル・シャンデリアは豪奢《ごうしゃ》で、部屋を明るく照らしてくれるのだろう。

寝室には大きな寝台に、遮光性ばつぐんなカーテンが取り付けられている。

布団はふかふかで、太陽の匂いがした。

台所には磁器の皿やカップ、銀のカトラリーが揃《そろ》えられている上に、食材も種類豊富に揃っているようだった。

浴室には猫脚の浴槽に、種類豊富な石鹸《せっけん》や洗髪剤が揃えられていた。タオルもふわふわで、洗い立ての清潔な香りがする。

フロレンシは元気よく部屋を見て回り、感嘆の声をあげていた。

「お母さん、とってもすてきなお家ですね！」

「ええ、わたくし達にはもったいないくらいですわ」

このようにすばらしい環境を用意してもらったのだから、その期待に応えなければならない。

ひとまず今日は、ゆっくりさせてもらおう。

台所にサブレが入った保存瓶《ジャー》があったので、お茶請けのお菓子としていただく。

茶葉もたくさんの種類が用意されていて、どれを飲もうか迷うくらいだった。

フロレンシにはミルクをたっぷり入れてあげよう。

台所には、魔法仕掛けの保冷庫が置かれている。果物を出荷する木箱を二段重ねたくらいの大きさで、魔力が込められた魔石を動力源としているらしい。蓋を開くと、ひんやりとした空気が流れ出てくる。中にはきんきんに冷えたジュースや、アイスクリーム、氷などがあった。

ヴルカーノでは氷室と言って、氷で冷やす地下収納が主流だったので驚く。ビネンメーアは生活に使う魔法が発展しているようで、暖炉や窯に薪《まき》を使わないようだ。

船に乗っているときに使い方を習ったのだが、魔法陣に触れて呪文を摩《さす》るだけで、簡単に使うことができるのだ。

湯を沸かすのも魔法で一瞬である。魔石ポットに水を注ぎ、魔法陣を指先でなぞって魔法を発現させる。

本当に便利な魔法である。

魔石ポットの中からぐつぐつと沸騰する音が聞こえた。

侯爵邸の屋敷の管理が数名でこなせてしまうのは、こういった生活を助ける魔法があるからなのだろう。

紅茶にミルクと蜂蜜をたっぷり入れた、とっておきのミルクティーをフロレンシのもとへ運ぶ。

フロレンシは実家から持ってきた本を読んでいたようだ。

「レン、少し休みましょう」

「はい」

ガッちゃんにも、台所にあった氷砂糖を渡す。すると、喜んで齧《かじ》り始めた。

私が淹《い》れた紅茶をフロレンシが嬉しそうに飲む様子を眺めながら、ビネンメーアまでやってきてよかった、と思ってしまう。

彼を守るためならば、なんだってしなければならない。

誰かの愛人になってでも、立派に育て上げたい。

改めて、強い覚悟を胸に抱いた。

「フロレンシ、夜は何を食べたいですか？」

「僕は、お母さんと一緒に作った料理を食べてみたいです」

「あなたが料理を？　なぜ？」

次代のメンドーサ公爵であるフロレンシは、料理なんて覚える必要はない。

そう口にしようとした瞬間、彼は料理をしたいと思った理由について述べた。

「お母さんの力になりたくて。でも、それだけではなくて、僕は生きる力を身に付けたい、と思いました」

「生きる力？」

「はい。目の前に料理される前のじゃがいもがあっても、僕は食べ方がわかりません。もしも、周囲に誰もいない状態が続けば、お腹《なか》が空《す》いて倒れてしまうでしょう」

けれどもフロレンシの傍には私がいる。

そう言うと、フロレンシは首を横に振った。

「お母さん、人はいつか死んでしまいます。助けてくれる人やお金だって、ずっとあるとは限らないのです」

フロレンシは父の死を通して、自分が置かれた環境は絶対的なものではなく、脅かされる可能性があると察したらしい。

「ひとりでも生きていける方法を知っていたら、お腹が空いて倒れてしまうこともないでしょう？」

「え、ええ、そう、ですわね」

フロレンシはにっこり微笑みながら頷《うなず》く。

「それに、僕自身が、困っている人を、助けられるようにもなれると、気付いたんです」

「レン……！」

幼いフロレンシが、ここまで考えていたなんて。

思わず、ぎゅっと抱きしめてしまう。

「あなたの言うとおり、生きる力を習得するのは、とても大事なことです」

一緒に料理を作ろうと提案すると、フロレンシは元気よく返事をしたのだった。


台所にある食材を確認しつつ、何を作ろうかフロレンシと話し合う。

「お母さん、きれいなキノコがたくさんあります！」

「あら、本当。この辺りはよく採れるのでしょうか？」

カゴにどっさりある新鮮なキノコは、肉厚で張りがあるものばかりだ。

ヴルカーノの王都周辺は都市開発が進んでいて、森の木々は伐採されている。近郊はキノコが育つ環境にないため、地方から取り寄せたものが売られているのだ。

さらに販売されるキノコの大半は乾燥させたものばかりで、生のキノコがあっても、しわしわになっていておいしくない。

「お母さん、今日はキノコの料理を作ってみませんか？」

「ええ、そうしましょう」

保冷庫にミルクがあったので、ジャガイモとキノコのクリーム煮を作ろう。

フロレンシにはジャガイモを洗っておくように指示する。

「えっと、ジャガイモを洗う水はどこにあるのでしょうか？」

そこから教えないといけないのか、と気付く。

これまでフロレンシは、「喉が渇いた」と言ったらメイドが水を用意してくれる環境にいた。水がどこにあるのかさえ、知らないのである。

「ヴルカーノでは、井戸から水を運んできますの」

「井戸、ですか？」

「ええ。屋敷の敷地内に、井戸を掘って水をくみ上げる装置を作って、使うのですよ」

王都の井戸水はそのまま飲むとお腹を壊してしまう。そのため、一度沸騰させて冷ましたものを飲むのだ。

「井戸のお水、飲んだらいけないのですか？」

「井戸水だけではなく、川や湖などの水も飲めないのですよ」

川や湖の水はきれいに見えても、動物の糞尿《ふんにょう》で汚染されていて、感染症にかかる可能性があるのだ。そのままでは絶対に口にできない。

「そういった水は、濾過《ろか》――きれいにしたあと、ぐつぐつ煮て、しっかり煮沸消毒をしたら飲めるようになるのです」

「そ、そうだったのですか！」

水がどこからやってくるのか、どうやって飲めるようになるのか初めて知ったフロレンシは、口元に手を当てて驚いているようだった。

「僕が夜中に喉が渇いた、と言ったら、メイドさんはわざわざ井戸から水を汲《く》んで、お湯にしたものを冷ましてから、持ってきていたのですね！」

「えっと、まあ、夜中に運ばれる水は昼間に作った湯冷ましでしょうから、井戸に汲みに行くところからしているわけではなかったかと思いますが」

水一杯でも、勝手にきれいな水が勝手に湧き出ているわけではなく、人の手を通して飲めるようになっているのだ。

これがヴルカーノでの水事情である。

「お母さん、僕にも湯冷ましを作れるでしょうか？」

「もちろん。今度やってみましょう」

料理より先に、教えなければいけないことがあったようだ。

ただ、ビネンメーアでは井戸が廃れていると聞いた。

というのも、ビネンメーアは水を魔法で浄化処理し、水道管を都市中に巡らせ、蛇口を捻っただけでいつでも飲める水がもたらされるのだ。

「レン、ビネンメーアではこうやって、台所の蛇口を捻るだけできれいな水が飲めるようです」

「す、すごい！　どうやっているのですか？」

「水をきれいにする魔法がかかっているそうですよ」

魔法が衰退した世界で、これだけ多くの魔法が残っているビネンメーアはすばらしいの一言だ。

なんでも五百年ほど前に突如として現れた大賢者が、国内の生活基盤を整えてくれたらしい。ビネンメーアの各地には人工の核《コア》があり、巨大な魔法石と呼ばれている月から供給される魔力を溜《た》めているようだ。

核の魔力を使って、きれいな水が飲めるようになっているというわけである。

「わー、すばらしい技術ですね！」

「ええ。でも、ビネンメーアにある人工的な核を、精霊や妖精が好まなかったようで」

妖精や精霊は天然の核があるヴルカーノに逃げ込んだのではないか、と言われている。

もしも私がビネンメーアで生まれ育っていたら、ガッちゃんには出会えていなかっただろう。

前置きが長くなってしまった。そろそろ調理に取りかかろう。

「というわけでレン、水道の水でジャガイモを洗ってくださいね」

「わかりました！」

フロレンシは小さな手で大きなジャガイモとタワシを握り、一生懸命な様子で洗っていた。その間に、私は別の作業を行う。

まずは種類豊富なキノコをカットし、ニンニク、アンチョビと一緒に炒《いた》めた。フロレンシが洗ったジャガイモは皮を剝《む》いて輪切りにし、串が通るまで茹《ゆ》でる。

茹で上がったジャガイモを鍋に入れ、ミルクを注ぐ。小麦粉を入れてとろみをつけつつしばし煮込み、塩、コショウで味を調えたらジャガイモとキノコのクリーム煮の完成だ。

フロレンシは初めて自分で作った料理を前に、わくわくした様子を見せていた。

「お母さん、僕もいつか、ひとりで料理ができるようになりたいです！」

「ええ、頑張りましょうね」

フロレンシは新しい目標ができて嬉しいのだろう。希望に満ちた表情で話しかけてくる。

公爵になるための勉強も大事だが、自分がやりたいことを見つけるのも大事だ。

これからは、フロレンシが望むものは可能な限り叶《かな》えてあげよう。

「さあ、いただきましょうか」

「はい」

食材への感謝の祈りを捧《ささ》げ、初めてフロレンシと作った料理をいただく。

まずは彼が食べる様子を見守った。

大きく切りすぎてしまったジャガイモを、フロレンシは口いっぱいに頬張る。

するとその瞬間、瞳がキラキラ輝いた。

もぐもぐ食べ、ごくんと飲み込んだあと、喜びに満ちた様子で話しかけてくる。

「お母さん、この料理、とってもおいしいです!!　食べてみてください!!」

あまりの勢いに驚いてしまう。初めて作った料理なので、よりいっそうおいしく感じてしまったのだろう。

勧められるがまま、ジャガイモを食べる。

ほくほくしていて、なめらかなクリームソースがよく絡んでいる。アンチョビのしょっぱさがほんのり利いているのもいい。

「本当に、おいしいですね」

「ええ、そうなんです！」

フロレンシと共に楽しく食卓を囲む。

これ以上の幸せはないのではないか、と思ってしまう瞬間であった。

フロレンシに教えたのは料理だけではない。

入浴方法や、服の着脱などなど。生活に必要な物事は山のようにあるのだ。

ヴルカーノにいたときから少しずつ練習していたのだが、執事がだいぶ手を貸していたらしい。

ボタンを外したり留めたりすることすら、時間がかかる始末である。

「うう……僕は何も知らないし、できません」

「皆、はじめはそうなのですよ」

私だって、最初からなんでもできたわけではない。

何度もやったら、しだいにできるようになるだろう。

「練習あるのみですわ」

「わかりました」

本来ならば、彼がこのような生活力を必要とする環境に置かずに育てたかった。

けれどもフロレンシは身の回りのことを覚えたがったし、この先何があるかわからない。

身に付けておいて、損はないだろう。

そんなことを考えつつ、フロレンシにボタンを留めるコツを教えたのだった。

フロレンシと一緒の寝台に寝転がり、鳥のさえずりで目覚める平和な朝を迎える。

まだ太陽は昇りかけなのだろう。カーテンの隙間からわずかな明かりが差し込むばかりであった。

フロレンシは慣れない船旅で疲れているのか、ぐっすり眠っているように見える。

私が起き上がっても目覚める気配はまったくなかった。

背伸びをし、頬を叩いてやる気を捻り出す。

ガッちゃんはすでに目覚めていたようで、私の肩へと跳び乗ってくる。

囁《ささや》くように朝の挨拶をすると、同じように小さな声で『ニャ』と返してくれた。

こっそり寝台から抜け出し、洗面所へ移動した。

蛇口を捻ると、当たり前のように水が流れてくる。

ありがたいと思いつつ顔を洗い、歯を磨いた。

ヴルカーノから持ち込んだ華美でないドレスをまとい、鏡台に腰かける。

侯爵夫人に仕える以上、化粧くらいはきちんとしなくてはならない。

普段よりも丁寧に化粧を施したあと、櫛《くし》を手に取る。

ビネンメーアでは未婚女性は髪を下ろし、既婚女性は髪を結う習慣があるようだ。

櫛を手に取り、髪を纏《まと》める。

二十年生きて、自分でこうして髪を結い上げるのは初めてである。

私の髪は細くてツルツル滑るので、なかなか上手《うま》く纏まらない。

手間取っていたら、ガッちゃんが手伝ってくれると言う。

『ニャア！』

「まあ、ガッちゃん、頼めますか？」

任せてくれ、とばかりにガッちゃんは胸をポン！　と打っていた。

ガッちゃんは糸を器用に操り、私の髪を三つ編みにして後頭部で纏めてくれる。

ビネンメーアでよく見かける、既婚女性の髪型であった。この形に結うのは難しいので、簡単なシニヨンにしようと考えていた。

この髪型のほうが、侯爵夫人の側付きとして相応《ふさわ》しいだろう。

仕上げにガッちゃんは、レースのリボンを結んでくれた。

ガッちゃんがリボンの端を摘《つま》んで見せてくれたのだが、美しいスズランがあしらわれた美しい意匠だった。

「ガッちゃん、ありがとうございます。とてもすてきな髪型です。リボンも気に入りましたわ」

『ニャー！』

頑張れ、というガッちゃんなりの応援に思えて、とても嬉しかった。

姿見でおかしなところがないか確認する。

今日から私は、身分と名前、年齢を偽って、侯爵夫人の側付きとして働く。

実年齢よりも上に見られていたので、二十五歳の子持ち、という設定に無理などないだろう。

フロレンシを立派に育てるために、頑張らなければ。

自らを奮い立たせつつ、台所へと向かった。

朝食はフロレンシが好きなパンケーキを作ろう。

生地に磨《す》り下ろしたレモンの皮を入れるのが特徴で、なるべく薄く焼いて仕上げるのだ。

ガッちゃんもお手伝いしてくれるようで、卵の殻をせっせと捨ててくれたり、零《こぼ》れた小麦粉を拭いてくれたりと、おおいに活躍した。

生地ができあがったら、山のように何十枚とパンケーキを焼く。

これだけでは味気ないので、ゆで卵と温野菜のサラダも作った。

食卓に料理を並べ、あつあつの紅茶を用意しておく。

フロレンシを起こしに行くと、すでに起きていて、着替えをしているようだった。

「あ、お母さん、おはようございます」

「おはようございます。もう起きていたのですね」

「はい、ずいぶん前に」

ひとりで着替えようと、あれこれ頑張っていたようだ。

「お母さんがやってくる前に、着替えておきたかったのですが」

「ひとりで起きたことだけでも、とてつもなく偉いです」

フロレンシの頭を撫でてあげると、眉間にできていた皺が和らいでいった。

「今日はパンケーキをたっぷり焼いたので、たくさん食べてくださいね」

「パンケーキ！　嬉しいです！」

フロレンシは十枚もパンケーキを平らげる。つい最近まで三枚食べたらお腹いっぱいだ、なんて言っていたのに。

子どもの成長は本当に早いものだ、としみじみ思ってしまった。

朝食が済んだあとは、フロレンシに課題を出しておく。

「今日はこの本を読んで、そのあとこちらの問題集を解いておいてくださいませ。わからないところは飛ばしてくださいな。お昼休みに、一緒にしましょう」

「わかりました」

私はこれから、侯爵夫人のもとへ行って側付きのお役目を果たす。フロレンシをひとりここに残すのは心配だが、しっかり働いて教育費を稼がなければ。

念のため、ガッちゃんをフロレンシの傍に置き、何かあったら私のもとへ来るようにと言っておいた。

「ガッちゃん、レンのこと、よろしくお願いしますね」

『ニャ！』

もう少し暮らしが安定したら、家庭教師やメイドを雇いたい。

「ではレン、ガッちゃん、いってきます。お昼になったら一度、戻ってきますので」

「はい、いってらっしゃい！」

『ニャア』

急いで屋敷へと向かい、まずは厨房を覗《のぞ》きに行く。

「あら、これは――？」

厨房は明かりすら点《つ》いておらず、真っ暗だった。

料理長から侯爵夫人についての情報を聞きたかったのに、誰もいない。

メイドがいる気配すら、屋敷から感じなかった。

使用人達の定休日は三日後だと聞いていたのに。

仕方がないと思い、侯爵夫人の寝室へと向かった。

レイシェルから侯爵夫人は早起きだと聞いていたので、すでに目覚めているだろう。

扉を叩いたものの反応はない。もしかしたら中で倒れているのではないか、と心配になったので、勝手に入らせていただく。

「侯爵夫人、失礼いたします」

寝室には誰もいなかった。カーテンはすでに開かれており、明るい太陽光がさんさんと降り注いでいる。

寝台の脇に置かれているかごの中には、脱いだ寝間着がきれいに折りたたまれていた。

どうやら侯爵夫人はすでに起床していて、どこかに出かけているということになる。

今の季節はたいていコンサバトリーにいるとレイシェルが話していた。

急ぎ足で向かう。

すると、侯爵夫人の姿を発見した。昨日と同じように、温室内に置かれた椅子で紅茶を飲んでいたようだ。

私がやってきても反応を示さないので、申し訳ないと思いつつも声をかける。

「あの、おはようございます」

無視されるかもしれない、と思っていたが、侯爵夫人は私を振り返った。

「あなた、レイシェルが連れてきた御方《おかた》ね」

「はい、ララ、と申します」

「知っているわ。昨日、聞いたもの」

名前を覚えられていないのではないか、と思って先走って名乗ってしまった。

きちんと記憶されていたようで、申し訳なく思う。

「あなた、何をしに来たの？」

「その、何か御用がありましたら、申しつけください」

「ないわ」

それっきり、侯爵夫人は再び私に背を向けた。

ズーン、と気持ちが滅《め》入《い》ってしまう。

「あの、朝食はお召し上がりになったでしょうか？」

「ええ、ビスケットを一枚いただいたわ」

なんでも侯爵夫人は小食で、毎朝ビスケットだけで済ませているらしい。そのため、料理人が出勤してくるのはお昼前だという。さらに紅茶は魔石ポットで湯を沸かし、侯爵夫人が手ずから淹れたようだ。

「私、ひとりでなんでもできるの。あなたの助けはいらないわ」

「そ、そんな……！」

必要ないと言われ、どうしたらいいのかわからなくなる。

側付きとしてここにいないと、いる意味がないのに。

どうすればいいのか。内心、頭を抱え込んでいたら背後より突然、声がかかった。

「あれ、珍しい。お客さんがいるな」

弾《はじ》かれたように振り返る。

気配もなく佇《たたず》んでいたのは、銀色の髪にエメラルドのような瞳を持つ、美貌の青年であった。

年頃は二十代半ばから後半くらいか。

紺色の騎士服に、赤いマントをなびかせ、不思議そうな視線を私に送っている。

ただその場に佇んでいるだけなのに、とてつもなく華がある男性だ。美術館ですばらしい芸術品を前にしたときのように、彼の姿に見とれてしまう。

けれども目と目が触れ合った瞬間に、ハッと我に返る。

来客ならば、私が出迎えて侯爵夫人に取り次がなければならなかったのに。

彼と対面する位置に立っていたので脇に避《よ》けようとしたら、ずんずんと目の前に接近してきた。

想定外の動きに、警戒心が最大限まで跳ね上がる。

もしかしたら不審者かもしれない。侯爵夫人に近付けさせまいと、間に立って制した。

どきん、どきんと胸が脈打つ中で、彼は思いがけない発言をする。

「うわあ、きれいな女性《ひと》がいる！」

とんでもない美貌が眼前に迫った。

好奇心旺盛な瞳に覗き込まれ、思わず体をのけ反らせる。

初対面の相手に許されるような距離感ではなかったので、体を押し返そうとした。

しかしながら、視界の端っこにシャランと音を立てる勲章や階級章を捉えてしまう。

おそらく彼は、騎士の中でも地位の高い官職に身を置く者に違いない。

立場が弱い私が強い態度に出ていい相手ではなかった。

一刻も早く、彼の前から逃げないといけない。

そう思って身を引こうとしたのに、腕と腰を取られてしまう。

「逃げないで。よく顔を見せて」

「なっ――!?」

今度こそ、体を押し返そうとしたのと同時に、凜《りん》とした声がコンサバトリーに響いた。

「リオン・フォン・マントイフェル！　あなたは朝から何をしているの!?」

侯爵夫人が立ち上がり、キリリとした声で注意する。

リオン・フォン・マントイフェル――彼はレイシェルが話していた、侯爵夫人唯一のお茶飲み友達だ。

たしか王族の近衛騎士で、怪しい人物ではない、と言っていたような。

「彼女はレイシェルが連れてきた女性なの。その手を放しなさい」

彼——マントイフェル卿はパッと手を放した。

私は脱《だっ》兎《と》のごとくマントイフェル卿から離れ、侯爵夫人の背後に回った。

「侯爵夫人、酷いな。まるで僕が不審者みたいじゃないか」

「初対面の女性に急接近し、顔をまじまじ見る男性は間違いなく不審者よ！」

マントイフェル卿をきっぱり不審者扱いする侯爵夫人の物言いに、笑いそうになってしまった。

口元を隠し、なんとか耐える。

「美しい女性に挨拶するのは礼儀だよ」

「あれは挨拶なんかではなくて、口説いていると言うのよ」

「あはは」

口説いていると指摘された部分はしっかり否定してほしかった。

「あなたは彼女の結い上げている髪が見えなかったの？」

「結い上げている髪……？　ああ、既婚者ってこと？」

「ええ。独身を相手に口説くならばまだしも、人妻に興味を示す男性はとんでもない害悪だわ」

「酷い言われようだ」

「あなたがそれだけのことをしたからよ」

なんというか、マントイフェル卿は想定していた男性ではなかった。

侯爵夫人と交流している唯一の人物だと聞いて、勝手に真面目で清廉潔白な男性だと思っていたのだ。

レイシェルが「怪しい人物ではないわ。たぶん」と言っていた意味を正しく理解した。

マントイフェル卿は初対面の既婚女性に対して甘い言葉を囁く、軽薄な男性だったのだ。

「まあまあ、立ち話もなんだから、一緒にお茶でも飲みながら話そうよ」

「あなたという子は……！」

顔を真っ赤にさせて怒っていた侯爵夫人だったが、マントイフェル卿になだめられ、着席させられていた。

私もどうぞとばかりに、椅子が引かれる。

「いえ、わたくしは――」

「いいからいいから」

マントイフェル卿は流れるように私の手を掬《すく》い、ごくごく自然な動作で椅子に座るように誘《いざな》った。

すとん、と腰を下ろした瞬間、対面する位置に座っていた侯爵夫人と目が合ってしまう。

立ち上がろうとしたのに、マントイフェル卿は私の左右の肩を押さえて妨害する。

「どうせまた、まずい紅茶を飲んでいるんでしょう？」

マントイフェル卿はそう言って、残っていた紅茶を勝手に注いで飲む。

「うわ、とてつもなく苦い！」

「朝は苦い紅茶が定番なんです」

「度を超えているよ」

マントイフェル卿は苦笑しつつ、茶器に手をかけた。

慣れた手つきで紅茶を淹れようとしていた。

「あの、わたくしがやります」

「大丈夫」

マントイフェル卿はにっこりと微笑みながら言っていたが、言葉に従えと言わんばかりの圧を感じてしまった。

笑顔で人の行動を制する男性なんて、彼が初めてである。

抗《あらが》えず、私は銅像のように固まったまま、紅茶が淹れられる様子を傍観《ぼうかん》することとなった。

「さあ、どうぞ」

マントイフェル卿は手ずから淹れた紅茶を私に差しだした。

ちらりと侯爵夫人のほうを見たら、早く飲みなさい、と目で訴えているような気がした。

先に飲むのは忍びないものの、これは毒見だ、と自らに言い聞かせて一口飲んだ。

「あ――おいしい！」

茶葉の芳醇《ほうじゅん》な香りと、ほんのり感じる渋みにスッキリとした後味。

熟達した執事が淹れたような、極上の一杯である。

マントイフェル卿は紅茶を淹れるのが、とても上手いようだ。

侯爵夫人も穏やかな表情で、彼が淹れた紅茶を飲んでいた。

ここで、マントイフェル卿が唯一お茶飲み友達として許されていた理由を理解してしまった。

ただ、ほっこりするような時間はあまり続かない。

紅茶を味わった侯爵夫人の眉間には、皺が戻ってきている。

居心地悪い空間と化した中で、マントイフェル卿は明るく侯爵夫人に話しかけた。

「それで、そろそろこちらの美しい女性を紹介してもらいたいんだけれど」

侯爵夫人は盛大なため息を吐《つ》いたあと、しぶしぶといった様子で私を紹介した。

「彼女はララ・ドーサ――さっきも言ったけれど、レイシェルが連れてきた、お客様よ」

「へえ、ララっていう名前なんだ。とってもかわいいね！」

手を取られそうになったが、瞬時に回避する。

避けられるとは思わなかったのか、マントイフェル卿はポカンとした表情を浮かべていたものの、次の瞬間には楽しげに微笑んでいた。

「でも、ここまでの立ち入りを許すなんて、珍しいね。いつもなら杖《つえ》を振り回して追い出すのに」

過激な侯爵夫人の抵抗方法を聞き、内心「ヒッ！」と悲鳴をあげてしまう。

それと同時に、独りで暮らすために、強く在る必要があったのだろうな、と思ってしまった。

「彼女の事情を聞いたら、追い返すわけにはいかなかったのよ」

「事情って？」

他人の醜聞に興味がおありなのか、マントイフェル卿は瞳を輝かせながら聞いてくる。

侯爵夫人は話してもいいか窺《うかが》うように、こちらを見てきた。

私が夫の暴力と借金から逃げるためにヴルカーノからやってきたと聞いたら、興味なんて失《う》せるだろう。

大丈夫だ、と伝えるために頷いた。

私の事情について侯爵夫人がかいつまんで説明する。マントイフェル卿は目を見開き、驚いた表情で話を耳にしているようだった。

「――というわけで、レイシェルは彼女を私の側付きとして置いておきたいみたいなんだけれど、今のところ必要ないって言っていたところよ」

離れに住むだけならば問題ない、と言ってくれたものの、何もしないで居座るつもりはなかった。

いったいどうすればいいものか。

侯爵夫人の様子を見る限り、独りで大丈夫だとは言い難《がた》い。私みたいな者でも、傍にいたらレイシェルやご家族も安心だろう。

「わかったでしょう？　彼女はリオン、あなたがちょっかいを出していいような女性ではないの」

これで納得し、興味もなくなるだろうと思いきや、マントイフェル卿は私に憐憫《れんびん》の目を向けながら言った。

「なんて気の毒な女性なんだ」

今度は素早い手つきで私の手を取ると、信じがたい提案をしてきた。

「侯爵夫人が必要としないのであれば、僕の家に住めばいいよ」

その言葉を聞いた瞬間、脳天に雷がドーン！　と落ちたような衝撃を受ける。

まるで道ばたに捨てられた猫を拾って帰るような、気紛れな提案だった。

彼にとって私は、雨に濡《ぬ》れて泥だらけな、帰る家のない気の毒な猫のように見えてしまったのかもしれない。

自分自身がどうしようもなく惨めで、哀れに思う。

同時に、初対面でそこまで言葉を交わしていない女性に、このような提案をするマントイフェル卿に対して強い憤りを覚えた。

おそらく彼は立派な家に住んで、財産もあり、苦労をさせないように囲ってくれるのだろう。

けれども私は侯爵夫人の側付きをするために、ビネンメーアにやってきたのだ。

侯爵夫人は呆《あき》れた表情を見せつつも、私に声をかける。

「あなたさえよければ彼のもとに行ってもいいのよ。きっとそのほうが気楽でしょうから」

その言葉にも、傷ついてしまう。

何者でもない私を、無条件で住まわせようと許してくれただけでも、侯爵夫人は寛大な人物だったというのに。

ここで気付く。

私は自分自身に大きな価値があると思い込んでいたのだろう。

何も成し遂げていないのに、そのように考えるのは傲慢《ごうまん》だったのだ。

「……侯爵夫人にとって、わたくしは厄介な存在でしょうか？」

「そこまでは思っていないけれど」

「でしたら!!」

私は一度立ち上がったあと、侯爵夫人の前で片膝をつき、頭《こうべ》を垂れる。

「侯爵夫人、このわたくしに、機会をくださいませ。きっと、お役に立ってみせますから」

「ちょっとあなた、そこまでしなくてもいいわ」

「どうか、どうかお願いします！」

ここが私にとって最後の砦《とりで》なのだ。何があっても、しがみついていないといけない。

「あなたはどうして私に執着するの？　リオンのもとにいたら、苦労なんてしないはずよ。いい暮らしだってできるはずだわ」

「それでも、わたくしは侯爵夫人のもとで働くために、ビネンメーアまでやってきました。一ヶ月――いいえ、一週間でもいいので、お傍に置いていただけないでしょうか？」

侯爵夫人は困惑の瞳で私を見つめていた。

ここで引くわけにはいかない。そう思ってじっと視線を返す。

シーンと静まり返る中で、ぷっと吹き出すような笑い声が聞こえた。

「これは、侯爵夫人の負けだよ」

「なんですって？」

「彼女はきっと、誰が何を言っても、自分の意志を曲げないだろう」

そうだよね？　とマントイフェル卿から聞かれ、深々と頷く。

「面白いな。侯爵夫人よりも頑固な女性なんて、初めて見たよ」

「信じられないわ」

侯爵夫人は心の奥底から呆れたような視線を私に向ける。

「わかったわ。役に立つ、という自信がそこまであるのならば、その身で示していただこうかしら」

「――っ！　ありがとうございます」

感謝の言葉を口にしたのと同時に、マントイフェル卿が私の腕を引いて椅子に座らせる。

彼がにこにこしながら私を見ていたが、気付かない振りをした。

「それはそうとララ、あなたの息子は今、何をしているの？」

「え、息子!?」

驚きの声をあげたのはマントイフェル卿である。

子持ちという点を言っていなかったようで、信じがたいという視線を向けていた。

「君、子ども連れで国を跨《また》いで逃げてきたの？」

「ええ、まあ」

「それはそれは、大変だっただろう？」

初めて耳にする労《いたわ》りの言葉に、どう反応していいものかわからなくなってしまった。

「子どもはいくつなの？」

「えっと、六歳です」

「ああ、かわいい盛りだ！」

それから続けざまに質問を受ける。

子どもの名前はレンで、とても素直ないい子で、控え目だけれど自分の意見ははっきり言えるしっかり者である――なんて話を、マントイフェル卿は楽しげな様子で聞いてくれた。

「なるほど。君が頑なな態度を見せていたのは、子どものためだったんだね」

レンを言い訳にしたくないので、その言葉は聞かなかったことにする。

失礼な態度だとあとになって後悔したのだが、マントイフェル卿が気分を害した様子はない。

「それで息子さんはレン、と言ったかな。今、メイドか誰かが面倒を見ているのかな？」

「いいえ」

「まさか、独りでいるの!?」

どう答えようかと迷っていたら、マントイフェル卿は弾かれたように立つ。

私の手を引いて立ち上がらせると、必死の形相で訴えた。

「この国では十歳未満の子どもを独りにしてはいけないんだ！」

「法律で決まっているのですか？」

「いいや、違う。悪い魔法使いに連れ去られてしまうという、言い伝えがあるのを知らないのかい？」

その昔、ビネンメーアでは人の血肉から魔力を得るために暗躍する魔法使いがいたらしい。抵抗できない幼い子どもを攫《さら》い、多くの命を奪ってきたそうだ。

「連れてこなきゃ――」

「レンは、その、大丈夫なんです」

「独りでいて、何が大丈夫なんだ！」

少し怒りを滲《にじ》ませたような声と表情に、圧倒されそうになった。

けれどもなんとか言葉を返す。

「わたくしと契約している妖精が傍におりますので」

「妖精？」

「はい」

マントイフェル卿は強《こわ》ばった表情から一変して、気の抜けたような顔で私を見つめていた。

「ビネンメーアには妖精や精霊があまりいない、と聞いているので信じがたい話かもしれませんが、わたくしは蜘蛛《くも》の妖精と契約しておりまして、息子の身に何かあったら知らせるように命じております」

今も繋《つな》がっていると魔法の糸を見せると、マントイフェル卿は安堵するような表情を見せた。

「そうだったんだ。よかった」

それは嘘《うそ》偽りがない言葉のように思える。

マントイフェル卿は見ず知らずのレンを、心から心配しているようだった。

「そうか、独りでいるんだ。昼間、学院に通わせることは考えていないの？」

「今のところは。今はわたくしが作った課題をやるように言っております」

「課題！　君、そういうのが作れるんだ。とっても博識《はくしき》なんだね」

「いえ、参考書を見ながら作ったものですので」

「謙遜しないで。学ぶよりも、誰かに教えることのほうが難しいんだよ」

ただそれも、いつか限界が訪れるだろう。

「ここでの暮らしが安定してきたら、メイドや教師を雇うつもりです」

「そこまで考えていたんだね」

しばらくは父が生前贈与してくれた財産があるので、それでどうにかするつもりである。

それが尽きてしまったら、そのときはまた考えよう。

今は私達親子を受け入れてくれた侯爵夫人へ、恩返しをしなければならないから。

私に何ができるのか。

侍女や家庭教師など、女性が就ける仕事は多々あれど、たいていは紹介状がないと就職は難しい。

子ども連れで住み込みという条件なんて、めったにないだろう。

未来について考えると、胸の鼓動《こどう》が大きくなる。

これまで父に依存して暮らしてきたのだが、これからは私がフロレンシを庇護《ひご》し、責任ある大人として導いてあげないといけない。

なりふりなんて構っていられないのだ。

生きるための最終手段——誰かの愛人になったり、春を売ったりする手段について考えるのはあとにしよう。

「でも、子どもが傍にいなかったら、心配じゃない？」

「それはそうですけれど」

「だったらさ、侯爵夫人、彼女の息子を屋敷で勉強させたらいいんじゃないかな？」

これまで静かに話を聞いていた侯爵夫人だったが、マントイフェル卿の提案に頷いてくれた。

「ええ、連れてきなさい。いくら妖精がついているとはいえ、絶対に安全とは言えないから」

「侯爵夫人……ありがとうございます」

ここでマントイフェル卿が立ち上がる。そろそろ帰るようだ。

「じゃあ、侯爵夫人。また今度！」

「別に、もう来なくてもいいわ」

「そんなことを言って、僕が訪問しなければ寂しがるくせに！」

侯爵夫人は服の埃《ほこり》を払うように、マントイフェル卿に手を振る。

すると、にっこり微笑みつつ、優雅な会釈をし、踵を返したのだった。

侯爵夫人は去りゆくマントイフェル卿を、目を眇《すが》めて眺めつつ私に声をかけた。

「ララ、リオンのお見送りをお願い」

「は、はい！」

どうやら本当に、私にお試し期間のチャンスをくれるようだ。

先を歩くマントイフェル卿を追いかけ、玄関へと誘う。

あとは会釈をして見送るばかりだったのに、マントイフェル卿は思いがけないことを言ってきたのだ。

「ねえ、君のこと、ララって呼んでもいい？」

「いいえ。呼び方はドーサでお願いします」

「僕のことはリオンって呼び捨てでいいからさ」

「マントイフェル卿、困ります」

私が嫌がる素振りを見せると、よりいっそう笑みを深めた。

「ララってかわいいよね」

この人はいったい何を言っているのか。

返答に困るような発言をしないでほしい。

「既婚女性に、そのような物言いはどうかと思います」

おじけづいたらあっという間に距離を詰めてくるだろう。

キッと睨むようにマントイフェル卿を見つめ、しっかり拒絶しておく。

「そういうふうに警戒している様子が、猫みたい」

怒りと羞恥心が入り交じった複雑すぎる感情が、一気にカーッとこみ上げてきた。

感情に支配されたまま、言葉を返したら、マントイフェル卿を余計に喜ばせてしまうに違いない。

「母猫なんだって知ったら、余計に愛《いと》おしくなっちゃったよね。ララ、知ってる？　子育て中の猫は、少し凶暴になるんだ」

やはり、マントイフェル卿にとって私は、捨てられた猫のように見えていたのだろう。

そのように思われるのは、とてつもない屈辱《くつじょく》である。

「君に酷いことをする男の気が知れないな」

「マントイフェル卿、お引き取りくださいませ」

「リオンって呼んだら、さくっと帰るよ」

ずんずん歩いて彼を追い越し、玄関の扉を開く。

冷たい風がヒューヒューと吹き込む中、私は頭を下げ続けた。

「わかった、帰るから」

最後にマントイフェル卿は私の肩に触れ、耳元で囁く。

「からかってごめんね」

殊勝な一言であったが、自覚があるだけたちが悪い。

「じゃあ、またね」

その言葉に返事はしなかった。

もう二度と会いたくないが、彼は侯爵夫人のお茶飲み友達だ。すぐに、顔を合わせることになるだろう。

マントイフェル卿が出ていったのを確認するや否や、勢いよく扉を閉めて施錠する。

肩で息をしながら、手強い悪魔を追い払った気分を味わってしまった。

以上が私とリオン・フォン・マントイフェルとの出会いである。

彼が関わる争いに巻き込まれるとは、このときは夢にも思っていなかったのだった。

第3章　ビネンメーアの王妃と公妾

侯爵夫人のもとへ戻り、マントイフェル卿《きょう》が帰った旨を報告する。

「彼、大人しく帰ったのね」

「ええ、まあ……はい」

あれを大人しく帰った、と認めていいのか迷ったものの、しつこく絡んでくることはなかったので頷《うなず》いておいた。

「リオンがごめんなさいね。あの子が他人に興味を示すことは初めてだったから、強く止めることができなかったの」

十分強く止めてもらったような気がしていたものの、あれで手加減していたつもりだったらしい。

「嫌な気持ちになったでしょう？」

彼に対しなんと言葉で表していいものかわからず、曖昧《あいまい》な笑みを浮かべてしまった。

それにしても、侯爵夫人の前でああいう態度を取るのが初めてだったとは。

てっきり、女性に対して見境なく口説いているものだと思い込んでいた。

「でも、驚いたわ。あなたが既婚者だとわかっても、あんなふうに言い寄るなんて」

なんでも侯爵夫人は、マントイフェル卿は女性に興味がないのでは？　という疑念を抱いていたという。

「彼、今年で二十六歳だったかしら？　そろそろ結婚したほうがいいと思って、何回かここに女性を招待したことがあったの」

名家のご令嬢の中でも容姿端麗な女性ばかりだったようだが、先客がいるならば、とすぐに回れ右をして帰っていたようだ。

「リオンのお見合い相手よ、と言っても、欠片《かけら》も興味を示さなかったわ」

侯爵夫人がここまで面倒を見るということは、ふたりの関係はただのお茶飲み友達ではないのかもしれない。

結婚相手を見繕うなんて、よほどのことがない限りやらないだろうから。

おそらく何らかの強い繋《つな》がりがあるのだ。

「あの子の身分はしっかりしているし、仕えているゴッドローブ殿下から仕事ぶりを認められ、若くして近衛隊長に昇進するほど根は真面目なの。さっきの言動を見ていたら、信じられないかもしれないけれど」

ゴッドローブというのは、国王陛下の弟君で、外交を一手に握り、国内でも中立的な位置に立つ人格者だとか。そんなゴッドローブ殿下の傍《そば》に侍《はべ》る騎士になりたい、と望む者が大勢いるようだ。

ゴッドローブ殿下の近衛騎士であるマントイフェル卿は、騎士達の羨望を集め、一目置かれるような存在らしい。

マントイフェル卿が真剣な様子で騎士の任務についているところなど、今のところ想像できなかった。

「もしもあなたが、ヴルカーノにいる夫と離婚して、再婚を望むのならば、相手はあの子がいいのでは？　と思ってしまったのよ」

「あ――そう、だったのですね」

侯爵夫人は私が離婚をしたいと言えば、ヴルカーノに人を派遣することも考えていたらしい。

「でもあなたが捨てられた猫みたいだったから、あの場で提案できなかったわ」

マントイフェル卿だけでなく、侯爵夫人にまで猫に見られていたとは……。

なんとも複雑な気持ちになる。

「侯爵夫人はどうしてそこまで考えてくださったのですか？」

「この年まで生きていると、ある程度目と目が合っただけで、どんな人間かわかるようになるの。あなたの瞳には誠実さが滲《にじ》んでいたから、リオンを任せられる女性だと思ったのよ。でも、あなたの頑固さまでは見抜けなかったわ」

「も、申し訳ありません」

「謝らないで。おかげで、あなたの人となりと決意を知ることができたから、リオンがやってきてよかったわ」

侯爵夫人は顔を背け、「しっかり働くのよ」と言った。

ぶっきらぼうな態度だが、どこか温《ぬく》もりを感じるような言葉だった。

私は深々と頭を下げ、「誠心誠意お仕えします」と答えたのだった。

◇　◇　◇

フロレンシを侯爵夫人がいるコンサバトリーに連れてくるように命じられた。

なんでも侯爵夫人が使っているテーブルで勉強してもいいらしい。

「あの、本当によろしいのでしょうか？」

「別にいいわ。この屋敷には人が少ないから、私が見ているしかないじゃない」

迷惑でしかないのでは、と思ったものの、「命令よ。子どもを連れてきなさい」と言われてしまう。

侯爵夫人の邪魔にならないよう、フロレンシに対して噛《か》んで含めるように説明したあと、本邸へと連れていく。

フロレンシは両手に教材を抱えた状態で、侯爵夫人へと挨拶した。

「侯爵夫人、こんにちは。改めまして、自己紹介させていただきます。僕の名前はレンです。どうぞ、よろしくお願いします」

立派な振る舞いを見せていると思いきや、ペコリと頭を下げたら参考書を床に落としてしまう。

「わー！」

フロレンシとふたりで掻《か》き集《あつ》めていたら、「ふふ」という笑い声が聞こえた。

常にしかめっ面だった侯爵夫人が笑っていたのだ。

信じがたいものを見る目で眺めていたら、「早く拾いなさい」と怒られてしまった。

本を広げて勉強し始めるフロレンシを、侯爵夫人は優しげな瞳で見つめていた。

フロレンシに萎縮《いしゅく》している様子はないので、そこまで心配はいらないだろう。

続いて、ガッちゃんを紹介しておこう。

「侯爵夫人、こちらが私と契約しております、蜘蛛妖精《アラニャ》のガラトーナです」

蜘蛛の妖精だと聞いて怖がるかと思っていたものの、侯爵夫人は興味津々な様子で覗《のぞ》き込《こ》む。

「……」

『ニャ！』

ガッちゃんは侯爵夫人と目が合うと、長い足でスカートを摘《つま》むような動作をしながら、優雅に挨拶していた。

「この、白い綿みたいな塊が妖精なの？」

「ええ、そうなんです」

「そう。蜘蛛っていっても案外、かわいらしいのね」

「ありがとうございます」

無事、ガッちゃんも怖がられずに受け入れられたので、深く安堵《あんど》した。

ひとまず、ガッちゃんには引き続き、フロレンシの傍にいてもらう。

見えない糸で私とガッちゃんの繋がりを作り、何かあったら知らせてもらうように頼んでおいた。

「では、しばし屋敷の見回りをしてまいります」

「ええ。疲れないように、ほどほどにやりなさい」

「かしこまりました」

深々と頭を下げ、コンサバトリーをあとにする。

まずは厨房《ちゅうぼう》に向かった。なんだかいい匂いが漂ってくる。

朝にはいなかった料理人がやってきて、侯爵夫人の昼食を作っているようだった。

覗き込むと、髭《ひげ》をたくわえた五十代前後の白衣をまとった男性がパンを捏《こ》ねていた。

「こんにちは」

「おお、びっくりした。ご夫人、こんなところでどうしたんだ？」

「わたくし、侯爵夫人の側付きとなりました、ララ・ドーサと申します」

「おー、そうかそうか」

小麦粉まみれの手が差しだされたので、苦笑しつつ握り返す。手が真っ白になってしまった。

「おっとすまない。手を洗わないとな、互いに」

「そ、そうですね」

彼はトニー。朗らかで気のいい料理人みたいだ。

なんとか上手《うま》くやれそうなので、ホッと胸をなで下ろす。

従僕のロイドは落ち着いたクールな人物で、必要最低限の会話しか交わせなかった。

逆にメイドのローザはお喋《しゃべ》りで、私が止めなければ一生会話を続けていただろう。

そのあとは侯爵夫人の許可を得て、部屋の備品を見て回る。

驚いたことに化粧品はほとんどなく、入浴剤や香油などの、貴婦人にとって必要な品が置かれていなかったのだ。

理由を聞いたところ、「この年だからいらないのよ」という答えが返ってくる。

「いいえ、そういったお品は、必要ですわ！」

美しく着飾り、化粧をすると自然と背筋がピンと伸びるし、お風呂に入って自分自身を労《いたわ》ることはとても大切なことだ。

そう訴えると、侯爵夫人は「あなたに任せるわ」と言ってくれた。

そんなわけで、私は勤務一日目から大量の注文を商人に託したのだった。

夕方からは厨房で侯爵夫人の夕食作りを手伝った。

前菜は雉肉《きじにく》パイ、ニンジンのポタージュに、マッシュルームの詰め物、メインの魚料理はマスのバターソース添え、肉料理は若鶏《わかどり》と野菜の蒸し焼き。食後の甘味《かんみ》は梨のスイートワイン煮、クレーム・カラメル——と、晩餐会《ばんさんかい》でも開くのか、と聞きたくなるほどの豪勢な食事が用意された。

朝食と昼食を軽く食べる分、夕食はたっぷり食べるのだろう。

料理人のトニーは美食の国フランデーヌ王国の出身らしい。

華やかな盛り付けは、芸術のようだった。

「いやはや、今日はドーサ夫人が手伝ってくれたおかげで、かなり余裕があったよ」

「お役に立てて何よりです」

なんでも侯爵夫人の命令で、夕食は皆同じメニューを食べるらしい。

私やフロレンシの分もあるようで、ありがたいの一言であった。

料理をお皿に盛り付けていたら、元気いっぱいな少女が駆け込んでくる。

「ドーサ夫人はいますかー？」

「はい？」

ニンジン色の髪をおさげに結った少女は、お喋りメイドのローザである。

「どうかしたの？」

「侯爵夫人からのお知らせでーす。夕食をドーサ夫人とご一緒したいようで、三人分用意して、食堂に運んでくるように、とのことでしたー！」

三人、というのは侯爵夫人と私、それからフロレンシだという。

「わたくしと息子が、侯爵夫人の夕食に同席する、ということですの？」

「そうみたいですー。いやはや、人嫌いな侯爵夫人が食事を一緒にしようって言い出すのなんて、亡くなったイルマお嬢様以来ですよー」

言い終えてから、ローザは口を両手で覆った。

イルマ、というのはレイシェルが昨日話していた、侯爵夫人がかわいがっていた孫娘だろう。すでに亡くなっているので、屋敷の中では禁句扱いなのかもしれない。

「あ、あのー、今の発言は聞かなかったことにしておいてくださーい」

「ええ、そうしておきます」

お茶飲み仲間であるマントイフェル卿ですら、夕食に誘ったことは一度もなかったらしい。

「ドーサ夫人、鉄壁の要塞みたいな侯爵夫人をどうやって陥落させたのですかー？」

「侯爵夫人がお気に召したのはわたくしではなく、息子のようです」

一生懸命勉強する様子が、侯爵夫人の心を打ったらしい。

フロレンシは結局、朝から夕方まで侯爵夫人のもとで過ごした。

迷惑なのでは？　と伺いに行ったものの、問題ないと言って首を横に振るばかりだったのだ。

「いやはや、いい傾向ですよー。侯爵夫人、イルマお嬢様が亡くなってからというもの、目も当てられないくらい寂しそうで――あ！」

再び、ローザは口を手で塞ぐ。

「うう、ごめんなさい。イルマお嬢様のことは口にするなって、ロイドさんに厳命されているのですが、うっかりしていたんですー」

「心配されなくても、口外しませんので」

「ドーサ夫人、ありがとうございますー」

これまでよく、侯爵夫人の前でうっかり失言をしなかったものだ、としみじみ思ってしまった。

「息子さんはすでに食堂で待っているそうです。盛り付けとか配膳は私達でやりますので」

「ありがとうございます」

お言葉に甘えて、食堂へ向かう。

廊下を歩いていると、楽しげな声が聞こえてきた。

「――それで、大きなお船でここまでやってきたんです」

「まあ、そうなの。大冒険だったのね」

「はい！」

お喋りしていたのは、フロレンシと侯爵夫人だった。

驚いたことに、侯爵夫人が朗らかに微笑《ほほえ》んでいる。

人嫌いで誰も寄せ付けないなんて言われていた侯爵夫人の態度をここまで軟化させるなんて。

フロレンシ、我が弟ながら恐ろしい子……！　と思ってしまった。

「あ、お母さん！」

フロレンシは天使のような笑みを浮かべながら、私のもとへ駆けてくる。

「侯爵夫人が、僕とお母さんを夕食に誘ってくださったんです」

「ええ」

改めて侯爵夫人に感謝の気持ちを伝えると、別に礼を言うほどのことではないと言われてしまった。前髪を撫《な》で上《あ》げた長身の男性――従僕のロイドがやってきて、椅子を引いてくれる。まるで客人のような扱いに困惑しつつ腰かけた。同じ使用人なのに、扱いが違うと腹を立てているのではないか。そう思ってちらりとロイドの様子を見たが、平然としていた。

表情から考えていることを推測できないタイプなのだろう。

なんて考えている間に、料理が運ばれてくる。

食事が載った手押し式のワゴンを押してきたのは、物静かなメイドのアニーだった。

調理を手伝った料理が配膳《はいぜん》される。

「ララ、トニーの料理はとってもおいしいの。遠慮なく召し上がってちょうだい」

「はい、いただきます」

食材に感謝し、料理をいただく。

フランデーヌ王国の料理を口にするのは初めてだったが、どれも品のある味つけで、とてもおいしかった。

侯爵夫人はフロレンシが食べる様子を見ながら、淡く微笑んでいた。

「レン、あなたは上手《じょうず》にカトラリーを扱えるのね」

「はい！　お母さんに教えてもらったんです」

「そう、いい子だわ」

フロレンシにはどこに出しても恥ずかしくないよう、貴族社会における最低限の振る舞いを身に付けさせていた。

少々厳しく指導したこともあったが、こうして褒められて嬉《うれ》しそうにしているフロレンシを前にしたら、あのときの判断は間違っていなかったのだな、と思ってしまう。

フロレンシのおかげで、食堂内は和やかな雰囲気で満たされたのだった。

目まぐるしい一日がようやく終わった。

フロレンシは疲れたのか、隣でぐっすり眠っている。

環境の変化についていけるか心配だったが、食欲はあるししっかり睡眠も取れている。想定していた以上に逞《たくま》しい子だ。

私はまだ眠れそうになく、何度も寝返りを打っていた。

勤務初日である今日が勝負だ、と意気込んでいたからか、体が頑張りの反動を受けているのかもしれない。

侯爵夫人と出会った当初はどうなるものか、と思っていたものの、フロレンシの存在が私を救ってくれた。

まさか侯爵夫人があそこまでフロレンシを気に入るとは想像もしていなかった。

彼が飛び抜けてかわいいのは、姉の欲目だと思っていたのに。

ただ、フロレンシの愛される力に頼ってはいけない。私自身もお気に召していただけるように、努めなければならない。

私の努力云々《うんぬん》でどうにもならないのは、マントイフェル卿の存在だろう。

侯爵夫人のお茶飲み友達で、近衛部隊に所属している騎士だと聞いていたので、てっきり若くても三十代後半くらいだと思っていたのだ。

私の想像はことごとく外れ、マントイフェル卿は二十六歳の見目麗しい青年だった。

まさかそんな彼に興味を抱かれるなんて、誰が想像できたか。

二十五歳子持ち、人妻という設定がなければ、侯爵夫人から結婚するように強く勧められていただろう。

人妻という設定に助けられるとは、夢にも思っていなかった。

母子《おやこ》という関係でビネンメーアにやってきて正解だったわけである。

それにしても、マントイフェル卿の言動が欠片も理解できない。

人妻だから、関係が深入りされることもなく、気軽に遊べる相手として見ていたに違いないのはわかっているが……。

後腐れのない既婚女性は都合のいい〝お友達〟なのだろう。

かわいい、だなんて異性から言われたのも初めてだった。

婚約者だったアントニーは「お前はかわいげがないな」なんて言っていたし、堅苦しい雰囲気がある、と評された覚えもある。

そんな私をかわいいと言うなんて、マントイフェル卿の認識は世間と大きくズレているのかもしれない。

と、ここまで考えてハッとなる。

無意識のうちに、マントイフェル卿が言った「かわいい」が胸に響いていたようだ。

正直に言えば、ほんの少しだけ嬉しかった、という気持ちもある。

同時に、かわいいという言葉に対して「どこが!?」と反感もあったのだが。

彼について気にするのは止《や》めよう。

私はただ、フロレンシのことだけを考えたらいい。

未来ある弟を、明るい道へ導けるようにしなければ。

なんて考えているうちに、深く寝入ってしまった。

◇　◇　◇

今日は朝からチュロス作りを行う。ヴルカーノでは朝食の定番である。

侯爵夫人が朝、ビスケット一枚で済ませると聞いていたので、簡単に食べられるものを、と考えたときにチュロスを思いついたのだ。

侯爵家の厨房に立ち、エプロンをかける。

作り方はそこまで難しくない。

鍋にコップ一杯の水と塩をひと匙《さじ》入れて沸騰するまで加熱し、ぐらぐらしてきたら火から下ろす。

続いて鍋に小麦粉を入れ、泡立て器で素早くかき混ぜる。すると、生地がどんどんまとまってくるのだ。

よく混ざった生地を絞り袋に入れ、しばし休ませておく。

その間、鍋にオリーブオイルを注いで火にかける。温まったのを確認してから、絞り袋の生地を絞って油に落とす。

木の枝みたいに細長く伸ばしながら絞るのがポイントだ。

キツネ色になるまでしっかり揚げたら、ヴルカーノの伝統的なチュロスの完成だ。

このチュロスに合わせるのは、ホットチョコレートである。ミルクに入れて作るサラサラとしたチョコレートではなく、チョコレートを溶かした濃厚なものだ。

このホットチョコレートに、チュロスを付けて食べるのがもっともおいしい食べ方だろう。

ホットチョコレートは保温魔法がかけられたカップに注いでおく。こうしておけば、チョコレートは固まらない。

ヴルカーノではチョコレートが固まったら、バターナイフで掬《すく》わなければならなかった。もったりと重たく固まったチョコレートを取るのは、とても大変だったが、ここではその苦労はしなくていいらしい。

生活に根付いた魔法に感謝したのは言うまでもなかった。

チュロスとホットチョコレート以外にも、栄養のバランスを考えてゆで卵や温野菜のサラダ、スープなども用意してみた。

朝食の準備が整ったので、屋敷中に張り巡らされているガッちゃんの糸を指先でピンと弾《はじ》く。

これはガッちゃんとの連絡用に作ったもので、私の声を伝えることができるのだ。

今頃ガッちゃんはフロレンシを起こし、着替えをさせている最中に違いない。朝食ができたと伝えると、糸に振動が返ってきた。わかった、と言いたいのだろう。

少し渋めの紅茶を淹《い》れ、侯爵夫人のもとへと運ぶ。

寝室の扉を叩《たた》くと、すぐに返事があった。

「ララ、おはよう」

「おはようございます」

すでに着替えは済んでいて、今からコンサバトリーで朝食を食べようかと考えているところだったという。

「あの、ご迷惑でなければ、私が作った朝食はいかがでしょう？」

「朝食？　ごめんなさい。私、朝からパンだとか、オムレツだとか、ボリュームがあるものは食べられないの」

「ええ、そうだと思いまして、ヴルカーノの伝統的なチュロスを作りました」

「チュロス？」

「はい。生地をカリカリに揚げて、温かいチョコレートに浸して食べるんです。とってもおいしいですよ」

一度見てみるだけでもと訴えたら、侯爵夫人は深々と頷き、「そこまで言うのならば」と返してくれた。

食堂にはすでにフロレンシがいて、侯爵夫人を見るなり元気よく挨拶をした。

「侯爵夫人、おはようございます！」

「ええ、おはよう」

朝から眉間に皺《しわ》が寄っていた侯爵夫人であったが、フロレンシを見た途端に表情が和らいでいた。

「侯爵夫人、お母さんが作るチュロスはとーってもおいしいんです」

「そう、楽しみだわ」

フロレンシのおかげで、食べる方向へ進んでくれた。

「ねえ、ララ。このチュロスはどうやって食べるの？」

「簡単ですよ」

チュロスを指先で摘み、ホットチョコレートを掬うように付けて食べる。

カトラリーなんて必要ない、ごくごくシンプルな食べ方だった。

「そんなふうに食べるのね」

手摑《てづか》みなんて、と侯爵夫人は驚いていたようだが、フロレンシと私が食べる様子を見て、覚悟を決めたようだ。

慣れない様子でチュロスを摘み、チョコレートに付けて食べる。

すると、瞳を大きくさせた。

「まあ、おいしい!!」

どうやらお気に召していただけたようだ。

いつもはビスケット一枚しか食べないようだが、二つのチュロスを平らげた。

それだけでなく、ゆで卵に温野菜のサラダやスープも食べてくれた。

「ララ、ヴルカーノの朝食、とてもすばらしかったわ」

「もったいないお言葉です」

お褒めの言葉に、感極まってしまった。

◇　◇　◇

それからというもの、侯爵夫人と私、フロレンシの穏やかな毎日が過ぎていった。

元気いっぱいなフロレンシに侯爵夫人は感化されたのか、日に日に顔色がよくなっているような気がする。

活発にもなり、昨日はフロレンシと庭を散策しに出かけた。

ローザ曰《いわ》く、侯爵夫人がああして出歩くのを見るのは、数年ぶりだという。

イルマが生きていた頃は、毎日のように彼女と散歩していた、とこっそり教えてくれた。

いい方向に変化しているようで、何よりである。

私が作ったチュロスは好物になったようで、三日に一度は作るように言われている。

チョコレート以外にも、ジャムやキャラメルなど、ディップするソースを充実させていきたい。

心配していたマントイフェル卿はなかなかやってこなかったので胸をなで下ろしていたところに、彼は訪問してきた。

「やあ、ララ！」

ヒッ！　とあげそうになった悲鳴を喉から出る寸前でごくんと呑《の》み込む。

回れ右をして逃げようにも、リネンを大量に抱えているので素早く動けない。

「リネン、重そうだね。持ってあげるよ」

こちらの返事なんて聞く前に、マントイフェル卿は私からリネンを取り上げる。

取り返そうと腕を伸ばすが、ひょいっと避《よ》けられてしまった。

「わたくし、これくらい運べますわ」

「メイドは？」

今日は使用人の休日である。屋敷内には誰もいない。

「君は侯爵夫人の側付きなんでしょう？　側付きというのは主人の手足となって働く人のことなんだ。侯爵夫人がリネンを運んだりするのかい？」

彼の言うとおりこれはメイドの仕事で、ぐうの音も出ないほどの正論である。

リネンを取り返すことは叶《かな》わず、彼に続いて歩くしかなかった。

「ララ、リネン室はどっちだっけ？」

「こちらです」

先を歩こうとしても、マントイフェル卿はなぜか私の隣に並んでくる。

気まずい感情と共に、リネン室へと案内した。

「これでよし、と！」

太陽の光がさんさんと差し込むリネン室で、マントイフェル卿は背伸びをした。

「うーん。リネン室っていい匂い！　好きだなー」

「わたくしもです」

太陽の日差しをたっぷり吸い込んだ、洗い立ての清潔なリネンはいい匂いがする。

時間が巻き戻る前、叔父一家にこき使われていた私だったが、リネンの手入れだけは大好きだったのだ。

「いいよねえ。人生の最期はリネンに埋もれて死にたいよ」

「怖いことをおっしゃらないでくださいませ」

「あー、ごめんごめん」

ほのぼのとした空気が流れていたものの、マントイフェル卿の発言で我に返った。

背筋をきちんと伸ばし、回れ右をする。

「侯爵夫人のもとへご案内します」

「うん、お願い」

今日は侯爵の書斎にフロレンシを招き、勉強に付き合ってくれているのだ。

侯爵夫人は教養豊かな人物で、フロレンシがわからない計算式を教えることもできるらしい。

「へー、侯爵夫人が君の息子に、書斎で勉強を教えてる？」

「ええ」

「ララ達がやってきて、たった十日ほどで大きく変わったものだ」

侯爵夫人はフロレンシのことを最初はかわいがるだけだったが、最近は厳しさを見せるようになった。

勉強だけでなく礼儀作法も指導してくれているようで、フロレンシは日々成長している。

フロレンシには私以外の見本となる大人が必要なので、その点はおおいに感謝していた。

「近いうちに侯爵夫人と共に博物館に行く約束をしているそうで、勉強をいつも以上に頑張っているようです」

「そうか……驚いたな。あの侯爵夫人が外出しようと思うほど、元気と気力を取り戻したなんて」

愛する孫娘イルマを亡くしてから三年、侯爵夫人の時間は止まっていたらしい。

何をするのも無気力で、誰も近付けさせず、どこにも行かず、死んでいるように静かに生きて毎日を過ごしていたようだ。

「侯爵夫人のことを、コンサバトリーにある老い木のようだって思っていたんだ。僕が水を与えないと枯れてしまいそうで、心配だったんだよね」

その言葉を聞いて、彼がただの軽薄で賑《にぎ》やかなだけの男性ではなく、思慮深い一面があることに気付く。侯爵夫人を心配しながらも、お茶飲み友達と称して侯爵邸に通っていたのだろう。

「侯爵夫人がここまで元気になったのは、ララ、君のおかげだ」

「いえ、わたくしではなく、レン……息子の存在が侯爵夫人に元気を与えたのでしょう」

「そんなことないよ。侯爵夫人のもとで働くと言って聞かなかったララの手柄だ。あのとき僕の手を取らなかった君の頑《かたく》なさの勝利だよ」

そういうふうに言われると、私がどうしようもない頑固者のように思えてならないのだが。まあ、褒め言葉として受け取っておく。

そんな話をしているうちに、執務室へと行き着く。

扉を叩くと、すぐにフロレンシの「はーい」という元気な声が返ってきた。

「お母さん――あ!!」

マントイフェル卿がいるとは思っていなかったのだろう。フロレンシは目を丸くし、彼を見上げていた。

するとマントイフェル卿はすぐにしゃがみ込んで片膝をつく。フロレンシと同じ視線で、「はじめまして。僕はリオン・マントイフェルだよ」と自己紹介していた。

「君がララの息子かな？」

「は、はい。レン・ドーサです」

フロレンシがびっくりしたのは一瞬で、すぐに挨拶を返す。

そんな彼をマントイフェル卿は立ち上がるのと同時に、一気に抱き上げた。

「よっと――うん、いい子だ」

マントイフェル卿はフロレンシを抱き上げてにっこり微笑んだ。

そんなことをしたら怖がるのではないか。なんて思ったものの、フロレンシはキャッキャと嬉しそうに笑っていた。

こういうのをされたことがないので、驚きつつも楽しんでいるようだ。

さすがの私も、六歳になったフロレンシを高く持ち上げることはできない。これに関しては負けを認めるしかなかった。

ただ、こういった行動はもっと幼い子どもにするものではないのか。フロレンシが喜んでいる手前、物申そうか迷っていたところ、侯爵夫人が注意してくれた。

「ちょっとリオン、レンを小さな子どもみたいに抱き上げないでちょうだい」

「小さな子どもだよ」

「紳士教育の最中なの」

侯爵夫人からバチバチと火花が散る視線を受けたマントイフェル卿は、フロレンシをそっと下ろす。再びしゃがみ込むと、フロレンシの耳元で「またあとでやってあげるね」と囁《ささや》いていた。

フロレンシが嬉しそうに頷くのを見て、マントイフェル卿もまた、フロレンシにとって必要な大人なのだな、と思ってしまった。

マントイフェル卿は侯爵夫人とふたりでお茶を楽しむだろう。そう思ってフロレンシを連れて書斎から出ていこうとしたら、同時に引き留められてしまう。

「お待ちなさい」

「ちょっと待って」

四人でお茶を飲もうと誘われる。居候の身である私達に拒否権などないので、同席させてもらった。朝、私が焼いたアーモンドクッキーを囲み、紅茶と共にいただく。

「マントイフェル卿、あの、このクッキー、お母さんが焼いたんです。世界一おいしいクッキーですよ！」

フロレンシの口を塞ごうとしたが、遅かった。

彼は自分に関する自慢はしないのに、私に関することはなんでも言うのだ。

マントイフェル卿にまで伝えなくてもいいのに。

恐る恐る反応を横目で見たら、彼は優しい微笑みをフロレンシに向けていた。

「へえ、そうなんだ。君のお母さんは、料理上手なんだね」

「はい！」

フロレンシの前で口説いてきたらどうしようかとハラハラしていたが、マントイフェル卿はよき大人としての態度を崩そうとしなかった。

その辺は良識があるのだな、と内心思ってしまう。

「レン、僕のことはマントイフェル卿ではなく、リオンおじさんで構わないよ」

そんな提案をすると、フロレンシは眉尻を下げる。

「マントイフェル卿はおじさんではなく、お兄さんです」

「え、本当？　嬉しいなー」

「どうしておじさんだと言ったのですか？」

「職場の若い騎士が、僕のことをおじさんって呼ぶんだよ。酷《ひど》いでしょう？」

「はい、酷いです」

フロレンシは頰《ほお》を膨らませ、かわいらしく怒った。その様子に、マントイフェル卿だけでなく、侯爵夫人も顔をほころばせる。

「これからは、リオンお兄さんと呼びますね！」

「レン、ありがとう。君はいい子だ」

和やかな雰囲気のまま、お茶会はお開きとなった。

今日はレンも一緒に、マントイフェル卿を見送った。

「リオンお兄さん、また遊びに来てくださいね！」

「うん、近いうちに来るから」

そんなことを言わずともマントイフェル卿はやってくるのに、なんて約束を取り付けてくれたのか。内心ため息を吐《つ》く。

そんな私の心情が顔に出ていたようだ。マントイフェル卿から指摘される。

「あれー、レンのお母さんはあんまり嬉しそうじゃないな」

ギクッとしつつ、そんなことはないと取り繕う。

「いえいえ、とても楽しみですわ」

「だったら明日の出勤前にも訪問しようかな」

え!?　と叫ばなかった私を褒めてほしい。

「マントイフェル卿はお忙しい身ですので、そんなに頻繁にいらっしゃったら、ご自身の時間がなくなりますよ」

「僕の個人的な時間なんて、あってないようなものだから」

それは騎士として、護衛対象であるゴッドローブ殿下のもとで常に侍っているから、という意味合いなのか。よくわからないが、近衛騎士の私生活は思っていた以上に自由などないようだ。

「ララ、レン、じゃあね」

「はい」

お気を付けて、と声をかけ、会釈して見送ったのだった。

翌日――宣言どおり、マントイフェル卿は朝からやってきた。

フロレンシは大喜びである。

私が作ったチュロスをおいしい、おいしいと連呼し、風のように去っていく。

フロレンシの見送りを断り、走って職場まで向かったようだ。

時間がないのにわざわざやってくる意味などあったのだろうか。

相変わらず、よくわからない人だと思ってしまった。

◇◇◇

侯爵家には毎日、大量の手紙と贈り物が届く。それの仕分けをするのも私の仕事のひとつだ。

これまで手紙は、差出人を確認せずに鉄皿の上で燃やしていたらしい。

大切な人からの手紙だったらどうするのか、と聞いたら、侯爵夫人は寂しげな様子で「そんな人なんていないわ」と返した。

いったいなんと言葉をかけていいものか迷っていたら、侯爵夫人はこのままではいけないと言って手紙を開封し始めた。

その日から、手紙を読まずに破棄することを止めたようだ。

以前よりも前向きになった侯爵夫人だったが、本日届いた手紙を前にため息を吐く。

「侯爵夫人、どうかなさったのですか？」

「今度王妃殿下の生誕パーティーがあるんだけれど、もう何年も夜会になんて参加していないから、億劫《おっくう》だと思って」

これまで招待状も開封せずに捨てていたらしい。

そのときは平気だったが、こうして招待されていると知ってしまったら、見て見ぬ振りはできないようだ。

「いまさら私が参加したら、他の人達は気まずいと思うの」

「そんなことはないと思いますが」

「絶対そうよ」

しばし額に手を当てて考え事をしているようだったが、突然弾かれたように私を見る。

「そうだわ！　ララ、あなたが私の代わりに参加してくれないかしら？」

「わたくしが、ですか？」

「ええ。きっといい気分転換にもなると思うの」

ヴルカーノ出身の私が、ビネンメーアの夜会になんて参加していいものなのか。

王妃殿下の生誕パーティーということで、ヴルカーノの貴族が参加している可能性だってある。

知り合いにうっかり出会ってしまったら大変だ。

「ねえ、ララ、お願い」

侯爵夫人は私の手をぎゅっと握り、懇願《こんがん》してくる。

こういうふうにお願いされてしまったら、断ることなんてできない。

「わ、わかりました」

侯爵夫人の名代《みょうだい》として、王妃殿下の生誕パーティーに参加することとなった。

◇　◇　◇

侯爵夫人とフロレンシは、アニーとロイドを引き連れて博物館へと出かけていった。

人手が足りないだろうから、と臨時のメイドを数名、雇い入れてくれたようだ。

おかげさまで、少しだけ余裕ができた。

ビネンメーアでの夜会に参加するのは初めてだ。礼儀作法など、ヴルカーノと異なる部分もあるだろう。不安を覚えたので、レイシェルに相談の手紙を送った。

すると、彼女はすぐに訪問してくれた。

コンサバトリーはアーモンドの花が盛りとなっている。

侯爵夫人からここを自由に使ってもいいという許可をもらったので、レイシェルとお茶を囲むこととなった。

レイシェルはガッちゃんに、スミレの香りが付けられた角砂糖をお土産《みやげ》に持ってきてくれた。

ガッちゃんは角砂糖を高く掲げ、レイシェルに感謝の気持ちを伝えていた。

『ニャー！』

かわいいガッちゃんの様子に、レイシェルとふたりで癒やされてしまったのは言うまでもない。

「それにしても驚いたわ。お祖母様《ばあさま》があなたに王妃殿下の生誕パーティーの代理参加を頼むなんて」

「ええ。わたくしも突然のことで驚いてしまって」

「お祖母様はララさんのこと、よほど気に入ったのね」

レイシェルは胸に手を当てて、よかったと呟《つぶや》き、安堵した様子を見せていた。

「やっぱり、お祖母様とララさんの相性はよかったのよ。名代も、安心して任せられるわ」

「それに関しまして、少々不安に思っているところがございまして……」

もっとも気がかりなのはドレスだ。ヴルカーノから夜会に着ていけるものを数着は持ってきているが、侯爵夫人の名代として着るにはいささか地味だろう。

それに、ビネンメーアでの流行もある。ヴルカーノのドレスを着ていって、悪目立ちするわけにはいかない。

「ドレスについては、知り合いのデザイナーに数着送ってもらうように手配しておくわ。当日には侍女も手配するし、何も心配いらないから」

「そんなに甘えてもよいのですか？」

「もちろんよ。お祖母様が元気になったのはララさんのおかげだし、もっともっとお礼をしても足りないくらいなんだから」

ここまで面倒を見てもらうのは申し訳ないとしか言いようがないが、下手《へた》な恰好《かっこう》で王妃殿下の生誕パーティーに参加するわけにはいかない。

　今回はお言葉に甘えさせてもらおう。

「当日は誰かと参加するように言われているの？」

「いいえ」

「だったら、一緒に行きましょう」

「しかし、婚約者がおられるのではないのですか？」

「そうだけれど、慣れない社交界に、ララさんをひとりで放り込むわけにはいかないわ」

　通常、夜会はパートナー同伴で参加しなければならない。

　知り合い同士で参加することも許されているものの、基本的には男女で行くほうがいい。

「だったらライルお兄様を紹介しましょうか？」

「たしか、レイシェルさんの従兄《いとこ》で次期当主の――？」

「ええ、そうよ」

　それからイルマの兄である青年だと、以前話を聞いていた。

「三十歳と聞いた覚えがあるのですが、婚約者がいるのではないのですか？」

「最近破談になったの。ライルお兄様は自分にも他人にも厳しいタイプで、きちんとした振る舞いを相手にも強要してしまうみたいで」

「そ、それはそれは……」

　ビネンメーアで生まれ育ったご令嬢が音を上げるくらいのお方ならば、私なんて相手にならないだろう。

それについてレイシェルも気付いたようだ。気まずげな様子で謝罪してきた。

「ごめんなさい。とてもじゃないけれど、パートナーとして紹介できる相手ではなかったわ」

現在の侯爵がいい加減で無責任な一方、ライルは厳格すぎると言われているらしい。

「ライルお兄様にお祖父様《じいさま》のエッセンスをほんの少しだけ加えたら、バランスがいい侯爵になると思うの」

「なかなか難しい問題ですよね」

完璧な人物なんてこの世に存在しない。

欠陥があるからこそ、人と人は支え合って生きるのだろう。

「あとは――あ、マントイフェル卿は？　彼もたしか、独身だったはず」

「あのお方は……その……」

少し性分が合わなくて、と正直に打ち明けた。

「やっぱり？　私もなんだか近寄りがたいというか、造り物みたいで苦手なの」

「造り物、ですか？」

「ええ。なんだか明るさで何もかも誤魔化《ごまか》しているような気がして、本心が見えないのよ」

言われてみれば、その場の雰囲気に合わせて明るく生きているような印象がある。

「腹黒い、とは少し違う印象ですが、瞳の奥に闇を抱えていそうな印象があります」

「わかるわ!!」

その場限りの付き合いであれば、マントイフェル卿でも構わない。

けれどもこれから長く付き合っていかなければならない相手に、大きな貸しを作るわけにはいかなかった。

「息子が大きければ、一緒に参加できたのですが」

「六歳では無理よねえ」

なんて話をしているところに、声がかかった。

「何が無理なの？」

振り返った先にいたのは、先ほどまで噂《うわさ》をしていたマントイフェル卿であった。

気配もなく現れたので、飛び上がりそうになるほど驚いてしまった。

それはレイシェルも同じだったようで、ただでさえ大きな瞳を丸くしながらマントイフェル卿を見つめる。

「あー、なんというか、驚かせてごめん」

足音とか鳴らしながら近付けばよかったね、などと言っていたが、必要以上にびっくりしたのはほんの数秒前までマントイフェル卿の話をしていたからだ。

もしかしたら、聞かれていたかもしれない。

他人についてああだ、こうだと言っていたから、天罰が下ったのだろう。

「それで、なんの話をしていたの？」

聞かれてしまったからには、適当にはぐらかすことはできないだろう。

正直に打ち明ける。

「今度侯爵夫人の名代として王妃殿下の生誕パーティーに参加することになったのですが、レンをパートナーにして参加するのは年齢的に難しい、という話をしていただけです」

「あー、なるほど、なるほど。そういう話だったんだ。当日、ゴッドローブ殿下の護衛任務がなければ、立候補するんだけれどな」

唯一、パートナーを頼めそうなマントイフェル卿は仕事らしい。

「あー、でも、う――ん、護衛任務は部下に押しつけて、参加することもできるかな」

「マントイフェル卿はゴッドローブ殿下の護衛隊の隊長だという話を耳にしましたが、そのような横暴な行為など許されないのではないでしょうか？」

「うん、そのとおりだよ。ララならそう言ってくれると思って、少しだけ期待してた」

思いがけず、マントイフェル卿の期待に応えてしまったらしい。

気の抜けるような会話に、ぐったりと脱力してしまいそうになった。

ひとまず椅子を引き、マントイフェル卿に席を勧める。

「あれ、侯爵夫人がいないけれど、レンに勉強を教えているの？」

「博物館に出かけているんです」

「ああ、前に話していたね。今日がそうだったんだ」

「ええ」

相づちを打ちつつ、紅茶を淹れる。ほかほかと湯気がたったカップを差しだした。

マントイフェル卿はどうやら猫舌らしく、カップをじっと覗き込んでいる。

「ミルクを入れたら、紅茶を冷ますことができますが、いかがなさいますか？」

「あ、いいよ、このままで」

そう言って、マントイフェル卿は紅茶を飲む。

すると熱かったからか、顔を思いっきり顰《しか》めていた。

「うっ、こんなアツアツの紅茶を飲んだのは久しぶりだ」

「猫舌なのですね」

「まあ……そうだね」

急いで飲まずに、しっかり冷ましてから飲んでほしい。

「それはそうと、ララはビネンメーアの社交界デビューをするんだ？」

「侯爵夫人の代わりに顔を出すだけですわ」

社交界デビューと言うのは大げさだろう。

「ああ、そうだ。社交界内の恐ろしい派閥について話した？」

マントイフェル卿に突然話しかけられたレイシェルは眉尻を下げ、首を横に振った。

「あの、派閥というのは？」

「〝王妃派〟と、〝公妾《こうしょう》派〟だよ」

なんでもビネンメーアの社交界には、王妃を支持する者達と、公妾を慕う者達が日々対立しているらしい。

「王妃は言わずと知れた、フランデーヌ王国出身の気高き女性で――」

サビーネ・ド・フランデーヌ、年齢は四十七歳。年齢を感じさせないほどの美しさを保っているようだ。子どもは二十六歳となる王太子、エンゲルベルトただひとり。

「公妾はシトリン公爵夫人、カリーナ・フォン・グラウノルン」

夫の亡きあと、十八歳の若さで国王の公妾となったらしい。

国王との間に子どもがいて、名前はレオナルド、年齢は八歳となる。

もともとカリーナは王妃が探し、国王にあてがったという。

なんでも十年前に国王は最愛とも言える公妾を亡くし、ショックのあまり臥《ふ》せっていたらしい。

元気づけるために、王妃はカリーナを公妾として新しく迎えたのだ。

カリーナは王妃が選んだ女性である。初めこそは関係も良好だった。けれども状況が一変するような出来事があったようだ。

「国王陛下が公妾の息子、レオナルドに王位継承権を与えたんだ。その一件が王妃殿下の逆鱗《げきりん》に触れてしまって――」

どれだけ反対しても、国王はレオナルドに継承権を与えると言って聞かなかったらしい。

それほどカリーナを愛し、その子どもであるレオナルドを特別扱いしていた。

ただ、カリーナばかり優遇しては国王といえど立場が悪くなる。

そこで、国王は手を打ったらしい。

そこまで話したあと、マントイフェル卿は明後日の方向を見る。

どうやら言いにくい決定を国王は下したようだ。

レイシェルのほうを見ると、代わりに説明してくれた。

「国王陛下はもうひとりいた、今は亡き公妾の忘れ形見である娘にも、継承権を与えたようなの」

ビネンメーアの歴史において女性王族は玉座に就くどころか、継承権すら与えられなかったらしい。レオナルドに継承権を与えるために、国王は前例のない判断を下したようだ。これにて問題は解決と国王は宣言し、その後、王妃がどれだけ抗議しても取り合わなかったという。

「それ以降、王妃殿下とカリーナ様の仲は険悪になっていったわ」

同時に、王妃を支持する者と、カリーナを慕う者で社交界に派閥ができてしまったらしい。

「国王陛下の寵愛《ちょうあい》は今もカリーナ様にあるわ。だから、公妾派の勢力が少しだけ大きいのよ」

王妃との夫婦関係はすでに破綻しているらしい。そのため、王妃派は公妾派に圧《お》されているような状況だという。

「私は王妃殿下を支持するほうに所属しているけれど、ララさんは気にしなくていいと思うの」

レイシェルの言葉に、マントイフェル卿も頷く。

「そうそう。双方の派閥の問題に巻き込まれないよう、僕みたいにのらりくらりとしていたほうが楽だよ」

マントイフェル卿はどちらにも属さない、中立派のようだ。

「中立というよりは、双方に興味がないって言ったほうがいいかな」

とにかく、王妃と公妾の問題にはなるべく首を突っ込まないほうがいい、と助言してくれた。

「でも、初めての夜会にひとりで参加するなんて、心細いだろう？」

「いえ、ガッちゃんがおりますので」

「ガッちゃん？」

小首を傾《かし》げるマントイフェル卿を前に、そういえば紹介していなかったと気付く。

「ガッちゃんは前にお話しした、わたくしと契約している蜘蛛妖精《アラニャ》ですわ」

レイシェルが贈ってくれた角砂糖の瓶に隠れていたガッちゃんを、マントイフェル卿に見せてあげた。

初めて妖精を前にしたからか、驚いているようだ。

「へ――――、これが蜘蛛の妖精なんだ。なんか、綿の塊にしか見えないんだけれど」

「かわいいでしょう？」

「まあ、たしかにかわいいかも！」

かわいいと褒められて照れたガッちゃんは、顔を隠すような仕草を取る。その仕草は悶《もだ》えるほど愛らしい。

「彼女はガラトーナ、わたくしの親友です」

「はあ、どうも。僕はリオン・フォン・マントイフェル、です」

『ニャ！』

マントイフェル卿が握手をしようと手を差しだすと、ガッちゃんは小さな足を伸ばして指先にちょこんと触れた。

「ララ、ガッちゃんはどんなことができる妖精なの？」

「得意なのは、魔法の糸を編んで作る、レース編みですの」

「レース編みか。だったらもしも襲撃を受けたさいは、魔法の糸を作ってもらって、ララが襲撃犯の首を絞めるしか攻撃の手段はないのかな」

「恐ろしい話をしないでくださいませ」

戦闘能力でいったら、ガッちゃんはかなりの実力者である。

「糸を使って戦う技術はいろいろございます。もしも何かあったときは、ガッちゃんさえいたらなんとかなりますので、ご心配なく」

「そうなんだ。それを聞いて安心したよ」

疑うならばマントイフェル卿を相手に実戦もできたのだが、あっさり信じてくれた。

「じゃあ、夜会でのララのパートナーはガッちゃんなんだね」

「ええ」

頼もしく、心強いパートナーだと思った。

◇◇◇

それから数日が経《た》ち、あっという間に王妃殿下の生誕パーティー当日を迎えた。

朝からレイシェルが派遣してくれた侍女がやってきて、身なりを整えてくれる。

髪を蜂蜜で洗い、顔には泥のパックが施され、爪は丁寧に磨かれた。

こういう扱いを受けたのは、本当に久しぶりである。

テラコッタカラーの落ち着いた色合いのドレスに袖を通し、既婚女性に相応《ふさわ》しい化粧がなされる。

三つ編みをクラウンのように巻き付けたアップスタイルの髪型は、ビネンメーアの流行らしい。

ドレスの試着はすでにしていたのだが、侍女があることに気付く。

「胸元が少々開きすぎているかもしれません」

ヴルカーノではこれくらい普通だが、ビネンメーアでは少し見えすぎている状態だという。

ドレスはレイシェルが知人のデザイナーに頼んで手配してくれたものだが、私に合わせて作ったものではなかったので、このような問題が発生してしまったのだろう。

その辺のささいな感覚は、その国の社交界で長く過ごしていないとわからない。

侍女に感謝することとなった。

「レースを当てて、隠しましょうか」

侍女はレースのリボンが入った木箱を取り出し、一枚一枚当てていく。

どれもいまいちピンとこないからか、首を傾げていた。

「どういったレースが合うと思いますか？」

「そうですね……。ニードルで刺したような、精緻《せいち》なポイント・レースがいいのですが」

侍女が持参してきたレースの中に、ドレスにぴったりなものはなかったようだ。

「でしたら、わたくしが今から作りますので」

「作る？」

首を傾げる侍女を前に、ガッちゃんに声をかける。

「ガッちゃん、胸元にレースを編んでいただけますか？」

『ニャ！』

サテンリボンの山に埋もれていたガッちゃんが飛び出し、私の胸にしがみつく。

レースの模様は王妃が愛しているという冬の花、ウィンタージェムをあしらってみた。

あっという間に仕上がったレースを見て、侍女は驚く。

「まあ！　なんて美しい。一瞬でレースを編むなんて、すばらしい魔道具です！」

「魔道具ではなく、蜘蛛妖精ですの」

「蜘蛛!!　あら、かわいらしい。し、失礼しました」

ビネンメーアには精霊や妖精がいないので、驚くのも無理はないだろう。

レースはドレスに合っている、と侍女は大絶賛してくれた。

準備を開始してから八時間後——夜会の場に馴染《なじ》むような装いに仕上げてくれた。

フロレンシと侯爵夫人に、最終的な確認をしてもらう。

「その……いかがでしょうか？」

そう問いかけると、フロレンシは瞳を輝かせながら叫んだ。

「お母さん、王女様みたいです！　とってもきれいですよ！」

「ありがとうございます」

一方、侯爵夫人は険しい様子だったものの、目が合うと表情が和らいだ。

「あなたの恰好は、完璧ではないわ」

「そ、そうでしょうか？」

「ええ」

侯爵夫人が背後にいたアニーに目配せすると、銀盆に載ったベルベット張りの箱が差しだされる。

「あの、こちらは――？」

「これまでの働きに対する報酬よ。あなたにあげるわ」

戸惑いつつも、箱を受け取る。

蓋を開いてみると、真珠の耳飾りに首飾り、指輪という内容の、半一揃え《デミ・パリュール》が入っていた。

「真珠はどんなドレスにも合うから、遠慮なく使ってちょうだい」

「こ、このようなお品をいただくわけにはいきません」

「あら、私、言ったでしょう？　これまでの働きに対する報酬だと。あなた、無償で働くつもりだったの？」

それに関しては、首をぶんぶんと横に振る。

「報酬は衣食住だと思っておりました。ですので、このようなお品をいただく理由がないと思ったわけです」

「そんなものが、報酬になんてなるわけないじゃない。いいから素直に受け取りなさいな」

「し、しかし……」

改めて真珠を見る。

美しい照りと大粒でなめらかなラインを描いている真珠は、その辺で販売されているありふれたものではないのだろう。

チェーンや真珠が嵌《は》め込まれた台座のデザインも洗練されていて、相当よい品を用意したことは見て取れる。

戸惑う私を前に、侯爵夫人はキッと睨《にら》みつけてくる。

「あなた、もしかして私の〝好意〟を受け取らないおつもり？」

「いいえ！」

ここまで言われてしまったら、ありがたくいただくしかない。

深々と頭を下げ、ベルベット張りの箱を胸に抱く。

「このような素晴らしいお品をいただき、心から感謝しております」

「当たり前よ。あなたは私の代理人なんだから。変な恰好をさせたら、私の趣味が疑われてしまうのよ」

「そのとおりでございます」

貴族社会において、第一印象というものは大切な要素のひとつだ。

時と場所、状況に相応しい身なりをしていたら、軽んじられることもない。

この真珠の半一揃えを身に着けていたら、誰もが私を侯爵夫人の名代だと認めてくれるだろう。

「着けてあげるわ。貸してちょうだい」

「あ、いえ、自分でできますわ」

「いいから！」

侯爵夫人に着けてもらうなんて、罰当たりだろう。

なんて思ってしまったのだが、侯爵夫人の表情を見たら止められなくなる。

これまでにない、慈しむような表情で、真珠の耳飾りを手に取っていたのだ。

「――できたわ！」

「ありがとうございます」

真珠の半一揃えを身に着けた私を、侯爵夫人は嬉しそうに眺めていたが、途中でハッとなる。

「あ、ごめんなさい。少しだけ、あなたがイルマ……死んでしまった孫娘に思えてしまって」

侯爵夫人の話を聞く中で、ふと思い出す。

ビネンメーアでは結婚式の日、母親や祖母、姉妹などがやってきて、最後の仕上げだとばかりに宝飾品を着ける慣《なら》わしがある。

侯爵夫人は私を通して、イルマを花嫁に出すような心地を味わったのかもしれない。

亡くなってしまったイルマについて考えると、胸が切なくなる。

なんと言葉を返していいものか、わからなかった。

侯爵夫人の中にいるイルマは、亡くなって尚《なお》、強い存在感を示しているのだろう。

「ねえ、一度だけ……一度だけでいいから、私のことをお祖母様、と呼んでくれる？」

他人を同一視させる言動はあまりよくないことだ。けれども今、侯爵夫人の心が悲鳴をあげているのがわかった。

一歩前に踏みだし、私は侯爵夫人の手をぎゅっと握ってから言った。

「お祖母様、ありがとう。私、行ってくるわ」

そう伝えると、侯爵夫人の眦《まなじり》から美しい涙が零《こぼ》れた。

「気を付けて、行くのよ。これから向かうのは、遠い遠いところだから、少し大変かもしれないけれど」

あなただったらきっと大丈夫。そんな言葉と共に、侯爵夫人は私を抱きしめた。

しばし、静かな時間を過ごす。

侯爵夫人の事情を知らないフロレンシも、何かを感じ取ったのか、大人しくしていた。

「――ごめんなさい、ララ。私、なんだか気持ちが軽くなったわ」

侯爵夫人はイルマの死に囚《とら》われ、マントイフェル卿の言葉を借りるならば、〝死んだように生きていた〟。

イルマがいなくなったことを受け入れられず、ただただ静かに嘆いていたのだろう。

きっと、別れの言葉も言えなかったに違いない。

けれども私から離れた侯爵夫人は凛《りん》としていて、瞳にもほんの少し明るい光が宿っているように見えた。

「ありがとう。それから、今度こそ行ってらっしゃい」

「はい！」

侯爵夫人とフロレンシの見送りを受けながら、私は王妃殿下の生誕パーティーへ挑んだのだった。

ガッちゃんは銀細工の腕輪にしがみつき、私と共に在ってくれるようだ。遠目で見たら、極めて緻密《ちみつ》な細工にしか見えない。今回も上手く装いに溶け込んでくれていた。

同行者はガッちゃんだけではなかった。

ありがたいことに侯爵夫人が、知り合いを私の付添人《シャペロン》に付けてくれたのだ。

名はニーナといい、伯爵夫人だと言う。年頃は四十前後で、優しげでやわらかな雰囲気を漂わせる女性である。

「それにしても、大変な時期にいらっしゃいましたね」

「ええ、まあ」

大変だというのはここ最近、王妃や公妾の派閥同士の睨み合いが活発になっている件だろう。

「侯爵夫人にも騒動に巻き込まれないよう言われているのですが、どこの誰がどちらに所属しているのか、まったくわからなくて」

「ああ、それならば、目印があるんですよ。王妃殿下の派閥の者は白い羽根を付けているはずです。公妾であるカリーナ様の派閥は、錫《すず》を加工した細工を身に着けているのが特徴かと」

ニーナは胸に白い羽根をあしらった細工を身に着けていた。彼女は王妃派なのだろう。

レイシェルが派遣してくれた侍女は、それらの特徴を作らないようにコーディネートしてくれたに違いない。これも、知らなかったらトラブルに巻き込まれる可能性があったのだ。

「どちらにも所属しないのであれば、王弟《おうてい》ゴッドローブ殿下を中心とする中立派の集まりに身を寄せるのが一番でしょう」

そういえばマントイフェル卿も中立派だと話していた。護衛対象であるゴッドローブ殿下が中立派なので、彼も自然とそうなったのかもしれない。

「長年、ゴッドローブ殿下が王妃殿下とカリーナ様の間に割って入って、争いは止めるように言っているようなのですが、なかなか改善されないようで」

それも無理がないのかもしれない。王妃の子は王太子であるエンゲルベルトただひとり。一人息子がもしも暗殺されてしまったら、王位継承権は他の王族に下がる。味方で周囲を固めていないと、不安になってしまうのだろう。

「ちなみに、王位継承権第二位はどなたになりますの？」

「カリーナ様のご子息、レオナルド殿下ですわ」

エンゲルベルトの下にもうひとり、女性王族がいるようだが、継承権は年下のレオナルドよりも下位になるようだ。

ちなみに女性王族については、謎が多いらしい。一度も社交界に姿を現さず、名前さえも一部の者達しか把握していないという。

十年前に亡くなった公妾の娘なので、妥当《だとう》な扱いだと囁かれているようだ。

「王位継承権の第二位はレオナルド殿下なのですね。てっきり、ゴッドローブ殿下だと思っていたのですが」

「ゴッドローブ殿下は……その、先王陛下の公妾の子でして、王族として迎えられていたものの、王位継承権は与えられなかったそうです」

「まあ、そうでしたのね」

王位継承権を持たないゴッドローブ殿下だからこそ、間に入って争いを諌《いさ》める役割を担う者として相応しいのかもしれない。

馬車が王城に近付くにつれ、竜の巣に飛び込むような不安を覚えてしまう。

水面下で争いがうごめく社交界から、無事、帰宅を果たすことができるのか。

不安でしかなかったが、侯爵夫人が贈ってくださった真珠が、私を守ってくれるような気がした。

煌《きら》びやかな白亜のお城に、大理石の輝く床、水晶のシャンデリアなど——まるで物語の世界に迷い込んでしまったような美しい王城に、心がじんと震えた。

調度品はどれも洗練されていて、とても趣味がいい。

ビネンメーアという国がどれだけ裕福なのか、目の当たりにすることとなった。

見ない顔である私に対しビネンメーアの貴族たちは興味津々という視線を向けていたのだが、人当たりがよいニーナが私のことを紹介して回ってくれた。

皆、侯爵夫人の名代だと聞くと、丁寧な態度で接してくれたのだ。

このまま無事に終わるよう願っていたのだが、私のほうへツカツカと歩いてくる人物が現れる。

燃えるような真っ赤な髪をなびかせ、パウダーブルーのドレスを翻《ひるがえ》しながらやってきた。すぐに、ニーナが耳打ちする。

「彼女はドルシュタット公爵の娘、リーザ様です」

身分が高いご令嬢がいったい私に何用なのか。ついつい身構えてしまった。

リーザは手にしていた扇で私をビシッと指し、鋭く睨みながら叫んだ。

「あなたがファルケンハイ侯爵夫人に取り入ったっていう、女狐《めぎつね》ね!?」

「め、女狐、ですか!?」

「ええ、そう。人の弱みにつけ込んで、侯爵家で贅沢《ぜいたく》をしているみたいじゃない」

「それは誤解です」

「だったら、その真珠の半一揃えはなんなのかしら!?」

リーザは私の首元へ手を伸ばし、真珠の首飾りに細い指先を引っかけた。

彼女が少し引っ張ったら、真珠がバラバラに散ってしまうだろう。

ガッちゃんが心配そうな表情で、私を見上げているのがわかった。ニーナも顔色を青くさせながら、私とリーザを交互に見る。

「ご存じ？　この真珠は〝人魚の涙〟という、最高峰の真珠なの。私が王妃殿下への贈り物として取り寄せようとしたら、ファルケンハイ侯爵夫人が先に購入された、って話を聞いたものだから」

つまり、私はリーザが買おうとしていた品を身に着ける、気に食わない相手なのだ。

それにしても、侯爵夫人の弱みにつけ込む女だと思われていたなんて。

誤解だと訴えても、聞く耳なんて持たないようだ。

周囲の視線が痛いほどに突き刺さる。

これ以上は醜聞になるかもしれないので、どこか静かな場所で話をしたい。

「あの――」

「お黙りなさい、この女狐が！」

これ以上言い訳をしたら、真珠の首飾りをこの場で千切ると宣言されてしまった。

どうしようか困り果てているところに、国王陛下のおなり、という声が聞こえた。

どよめきと歓声が響き渡った。

なぜならば、国王が公妾カリーナと仲睦《むつ》まじく腕を組んでやってきたから。

王妃の誕生日に、よりにもよって公妾と仲睦まじく登場するなんて信じられない。

「なっ、あれはなんなの!?」

悲鳴のようなリーザの叫びがビリビリと鼓膜《こまく》を刺激する。彼女をよくよく見たら、ドレスの腰リボンに白い羽根が刺してあった。

どうやらリーザは王妃派だったようだ。

混乱に乗じて彼女の手を首飾りから引き抜き、人がいないほうへ後退する。

人波に逆らうように進んでいったので、何度もぶつかられてしまった。

戦々恐々しつつ、人が少ない方向へと進んでいく。

「はあ、はあ、はあ！」

国王と公妾に注目する人々を掻《か》き分《わ》け、なんとか壁際まで辿《たど》り着《つ》いた。

『ニャア？』

ガッちゃんが大丈夫か、と言わんばかりの声をかけてくれた。

なんとか大丈夫だったが、ニーナとはぐれてしまったようだ。

だが、あの場にいたら興奮したリーザに首飾りを引きちぎられていたかもしれない。

せっかく侯爵夫人が私のために用意してくれた首飾りを、台無しにするわけにはいかなかった。

いつの間にか人々は、二手に分かれているように見えた。

白い羽根を身に着ける人がいるほうは王妃派で、錫細工を身に着けている人がいるほうは公妾派なのだろう。

貴族の集まりだというのに、どこか不穏で剣呑《けんのん》な空気が流れていた。

王妃がやってくる前にこの場を収めないと、とんでもない事態になるだろう。

ハラハラしつつ見守っていたら、再び声があがった。

「王弟ゴッドローブ殿下のおなり！」

近くの扉が開いたので、ギョッとしてしまう。

そこから登場したのは、五十代くらいのすらりとした長身の男性。マントをなびかせながらやってくる。

白髪の交ざった金髪に、切れ長の瞳、渋い髭を生やした男性が華やかな空気を振りまきながら登場した。

目元は国王に似ている。髭を剃《そ》ったら、双子と見紛《みまが》うくらいそっくりになるだろう。

顔立ちの特徴や年齢から察するに、彼がゴッドローブ殿下に違いない。

引き連れている騎士の先頭に、マントイフェル卿を発見した。

これまで私に見せたことのない、真剣な顔付きで警護に当たっているようだ。

普段からああして真面目な様子だったら、もっと素直に接するのに。

彼が私の前に現れるときはいつだって、近衛騎士という身分をどこかに忘れてきているように思えるのだ。

当然ながら、任務に当たっているマントイフェル卿は壁に張り付いている私の存在になんて気付いていなかった。

ゴッドローブ殿下はすぐさま会場の異変に気付いたらしい。

一瞬だけ目を眇《すが》め、状況を把握しているように見えた。

「おやおや皆さん、主役である王妃殿下の登場前に盛り上がっているようですが、どうかしたのですか？」

近くに侍っていた侍従が、ゴッドローブ殿下に耳打ちする。

「なるほど。それはよくありませんね」

ゴッドローブ殿下は優雅な足取りで、王妃派と公妾派が対立する人の中に割って入り、国王と公妾のもとへ一直線に向かっていった。

国王に行動を諫めるような言葉を言うのかと思いきや、ゴッドローブ殿下が話しかけたのは公妾のほうだった。

何やら楽しげに会話をし、最終的に彼女の肩を抱いて一緒に去る。

国王に対して角が立たないよう、ゴッドローブ殿下が公妾のパートナーに立候補したのかもしれない。

これで王妃がやってきても、国王と公妾が一緒にいる場を目撃せずに済んだ。

ゴッドローブ殿下の近衛騎士達は、王妃派と公妾派を解散させ、元の平和な会場へと導いているようだった。

中立派の仕事っぷりに、内心舌を巻いてしまう。

その後、王妃が登場し、国王の隣に並んだ。

先ほどまで隣に公妾がいたのに、国王は王妃の腰を当たり前のように抱く。まるで夫婦円満だと言わんばかりの密着具合であった。

もしも公妾がいたら、どういう態度を見せていたのか。

他国の国王ながら、呆《あき》れたの一言である。

本日の主役である王妃は国王とのダンスを披露した。

ふたり目は王太子であり、王妃唯一の子であるエンゲルベルト殿下と踊る。

エンゲルベルト殿下の顔立ちは国王似で、金色の髪に青い瞳を持つ、絵本の中に登場しそうな王子様だった。

ニコリともしないのでクールな印象がある。

マントイフェル卿が太陽のような美形ならば、エンゲルベルト殿下は月のような美形だ。

人々の歓声で盛り上がる中、いつの間にかゴッドローブ殿下と公妾の姿がないことに気付いた。

早めに撤退するよう説き伏せたのか。

「ああ、よかった！」

顔を上げると、ニーナが慌てた様子で駆けてくる。

「ララさん、ご無事でしたか？」

「な、なんとか」

王妃派と公妾派の人混みに巻き込まれて、苦しんでいるのではないか、と心配していたらしい。

「一瞬目を離したら、その場にいらっしゃらなかったので」

「ごめんなさい。なんだか怖くなって、壁際に避難していましたの」

「安全な場所にいらっしゃったのですね。よかった」

ニーナは先ほどの、リーザとの邂逅《かいこう》についても謝罪した。

「彼女のことを止められずに、申し訳ありませんでした」

「いえ、どうかお気になさらずに」

相手は公爵令嬢である。下手に刺激したら、ニーナの夫の立場も悪くなるかもしれない。

私も公爵家の生まれなのでわかるが、爵位を持たない娘の私にも、周囲の者達はおおいに気を遣っていたのだ。

「ニーナさん、そろそろ王妃殿下にご挨拶をしたいのですが、可能でしょうか？」

「ええ、もちろんです！」

王妃へ挨拶をしたら、本日の任務は終了だ。

ニーナの誘導で、王妃のもとへと向かったのだった。

ドキドキと落ち着かない状態で、一歩、一歩と王妃のもとまで歩いていく。

王妃は公妾派に反感を抱けど、中立派にはそこまで嫌悪感を抱いていないらしい。

今回は王妃派のニーナの紹介なので、大きな問題は起きないだろう。

ずらりと連なる行列に並び、一時間ほどで私の番となった。

失礼のないように、レイシェルから習ったビネンメーア式の会釈をしながら名乗る。

「ファルケンハイ侯爵夫人の名代でやってきました、ララ・ドーサと申します」

「ああ、侯爵夫人から話は聞いている。面を上げよ」

ゆっくりと顔を上げたその瞬間、胸がどくん!!　と大きく鼓動した。

王妃が身に着けていた首飾りに見覚えがあったのだ。

勘違いだと思いたかった。だが、信じられないほど澄んだエメラルドがあしらわれた首飾りを見間違うはずがなかった。

あれは時間が巻き戻る前の世界で、叔父が私に売ってくるように命じた品と同じ首飾りだろう。

私がなんでも屋〝禁断の木の実《フルットプロイビート》〟に運んだ盗品はいくつもあった。

中でもあの首飾りは特別で、記憶にこびりついている。

処刑される前に、何度も証拠品として確認させられたから。

ビネンメーアの王妃の首飾りを盗んだ罪は極めて重たかった。

叔父は私に罪をなすりつけ、被害者のような顔でいたのを、昨日のことのように思い出せる。

首飾りが今ビネンメーアにあるのは、盗まれる前だからだろう。

いったい誰がどのような手段、思惑で、王妃の手元から持ち出したのか。

考えているうちに、眩暈《めまい》に襲われた。

「――っ！」

目の前が真っ白になりかけていたものの、なんとか奥歯を噛みしめて耐える。

私は侯爵夫人の名代としてここにいるのだ。

与えられた役割だけは、なんとか果たさないといけない。

「侯爵夫人にも、いつか顔を出すように伝えておいてくれ」

「はい、必ず」

深々とお辞儀をすると、下がるように言われる。

なんとか最後まで終えることができたようだ。

王妃の首飾りを見た影響で、胸がバクバクと激しく鼓動を打っている。

呼吸さえも、上手くできている気がしない。

そんな私をニーナは心配し、顔を覗き込んでくる。

「ララさん、大丈夫ですか？」

「え、ええ。少し、緊張していた、ようです」

なんとか言葉を振り絞る。

目の前にいるニーナの姿が二重、三重にぼやけていた。

一度、休んでから帰らないと、どこかで倒れてしまいそうだった。

「ニーナさん、今日はありがとうございました。おかげさまで、王妃殿下にご挨拶をすることができました」

ニーナは会場内で数名の知り合いに声をかけられていた。私にばかり構っていられないだろう。

「もう、ひとりで帰れますので、ニーナさんはお友達にご挨拶なさってください」

「本当に平気なんですか？」

「はい。ただ緊張してしまっただけですので、少し休憩してから侯爵邸に帰りますわ」

「そうですか」

ニーナは私の手を握り、今度ゆっくりお茶でも飲もうと誘ってくれた。本当にいい人だ。そんな彼女にこれ以上迷惑をかけるわけにはいかない。

ニーナと別れたあと、休憩室を目指すために歩きだす。

先ほどから冷や汗が止まらない。指先はガタガタと震え、寒気に襲われる。

『ニャ、ニャア？』

ガッちゃんが私を心配し、顔を覗き込んでくる。大丈夫だと安心させるために言葉を返したかったが、喉が嗄《か》れていて上手く声が出てこない。

『ニャ……』

力を振り絞ってガッちゃんを撫でると、不安げな声をあげていた。どうやら強がりだとバレているようだ。

それにしても、王妃の首飾りを目にしただけで、ここまで気力を削られるなんて……。

処刑とフロレンシを亡くした恐怖がぶり返してきたのだろう。

とうとう立っていられなくなり、壁を伝って歩く。

ニーナに教えてもらった休憩室までもう少し——というところで、私の行く手を阻む者が現れる。

「あ、あなた!!」

聞き覚えのある声が耳に届いた。誰かと認識する前に、腕を取られてしまう。

「私が話している途中にいなくなるなんて、失礼だと思わなかったの？」

「あ」

ぼんやりとした視界に映る、燃えるように真っ赤な髪——公爵令嬢リーザだ。

ここで出会ってしまうなんて、本当に運がない。

「あなたみたいな人が王妃殿下に挨拶するなんて、生意気なのよ！」

リーザの手が大きく振り上げられた。

回避する余裕なんてまったくなく、ぎゅっと目を瞑《つぶ》って衝撃に備える。

「——っ！」

ばちん！　と叩かれる覚悟をしていたのに、何も起きない。

そっと瞼《まぶた》を開くと、リーザの細い腕を誰かが掴《つか》んでいた。

「王宮で暴力沙汰はよくないなあ」

どこかのんびりしている声の主を見上げる。一瞬だけ、ぼやけていた視界が鮮明になった。

近衛騎士の制服に身を包んだ、銀色の髪に緑の瞳を持つ美貌の青年――マントイフェル卿だった。

リーザは顔色を青くさせ、掴まれた腕を引き抜こうとした。

けれどもマントイフェル卿は放さない。

「なんか、生意気だとか聞こえたんだよねえ。彼女のどこが生意気だったか、僕にも聞かせてくれるかな？　そういう醜聞、けっこう好きなんだよね」

にやり、と悪魔のような微笑みを浮かべ、マントイフェル卿はリーザを問い詰める。

リーザはしどろもどろ、で弁解を口にした。

「あ、あの、彼女は王妃殿下と言葉を交わすに相応しい人ではないのに、ご挨拶をしていたものですから、その、な、生意気だと思って、指摘してあげたのです」

「へ――――」

リーザは再度手を抜こうと引いたが、びくともしない。

マントイフェル卿は彼女の腕を掴んだまま、真顔で見下ろしていた。

「君はドルシュタット公爵の娘さんだったかな？」

マントイフェル卿に覚えられていて嬉しかったのか、リーザの表情が明るくなる。

「は、はい！　リーザと申します」

「ああ、そうそう。そんな名前だったね。うろ覚えだったし、今後も覚える予定はないけれど」

冷たく突き放すような物言いに、リーザの顔色が再び悪くなる。

「ひとつ、教えておくけれど、君がケンカを売った彼女は今回、侯爵夫人の正式な名代として参加

していたんだよ。これ以上、彼女が王妃殿下と言葉を交わせる理由について説明しなければならないほど、君は察しが悪いわけではないよね？」

マントイフェル卿はにっこりと微笑みを浮かべ、リーザに言葉を投げかける。

リーザは返す言葉が見つからなかったからか、今にも泣きそうな顔で唇を噛みしめていた。

「生意気なのは、どうやら君のほうだったみたいだ」

そう言って、リーザの腕をパッと放す。

別に突き飛ばしたわけではないのに、リーザはその場にへたり込んでしまった。

少し驚いた表情を浮かべたマントイフェル卿が手を差しだすのと同時に、リーザは弾かれたように立ち上がる。

そして素早く回れ右をし、そのまま走り去ってしまった。

誰もいなくなった廊下で、マントイフェル卿は晴れやかな表情で私を振り返りながら言った。

「あの子、悪魔から逃げるようにいなくなったなー」

悪魔のような表情や物言いをしていた自覚はないらしい。

「ララ、災難だったねえ」

「……ええ」

助けてくれたお礼を言いたかったのだが、もう限界だった。

ただ、彼の前で倒れるわけにはいかない。

休憩室はもう目の前だ。

会釈だけして通り過ぎよう。なんて考えつつ一歩前に踏みだした瞬間、体がぐらりと傾く。

「危ない!!」

マントイフェル卿の声が聞こえたのと同時に、意識がぶつんと途切れてしまった。

◇◇◇

時間が巻き戻る前の世界で、私は他人からの悪意を浴び続け、利用されてきた。

——お前はただ、言うことを聞いてるだけでいいんだ！

——弟が大事なんだろう？　だったら、さっさとやるんだ！

——悪いのはすべてグラシエラなんだ！　私は関与していない！

こうなってしまった原因のすべては、私がただ感情に流されていただけではなく、途方に暮れるほど弱かったから。

他人の悪意を跳ね返せるほど強くなりたい！

そう願っていたのに、私は——。

「はっ!!」

瞼を開くと、見慣れぬ天井に気付く。周囲はカーテンで目隠しされていて、薬品の匂いが漂っていた。

おそらくここは医務室なのだろう。

私はいつの間にか、誰かに運ばれて眠っていたようだ。

少し身じろいだだけで、頭がズキンと痛んだ。

「大丈夫？」

優しげな声に返事をしようとした瞬間、ハッと我に返った。

起き上がろうとしたのに、手で制されてしまう。

「しばらく安静にしているようにって、お医者さんが言っていたよ」

普段のおちゃらけた物言いとは異なる、静かで落ち着いた声だった。

その声の主はマントイフェル卿だ。

「あの、わたくしはいったい、どうしてここに？」

「突然倒れたから、運んできたんだよ。ね、ガッちゃん？」

『ニャー！』

ガッちゃんは私の傍にやってきて、フワフワの体で頬ずりしてくる。

「お医者さんに状況を説明したら、精神的なショックで倒れたんだろうって」

「精神的な、ショック……」

それは間違いなく、王妃の首飾りを目にしたことが原因だろう。

思い出しただけでも、ぶるりと震えてしまった。

「ドルシュタット公爵の娘さんと話す前にも、何かあったの？」

ズバリと指摘され、ギョッとしてしまう。

こういう反応をしてしまったら、何かありましたと言っているようなものだ。

「やっぱり、何かあったんだ」

「いえ、その、王妃殿下とカリーナ様の関係を巡る双方の対立に、驚いただけです」

自分でも驚くほど、嘘《うそ》がするする出てきた。

「今日のところは、そういうことにしておくよ」

そして、嘘であることもバレていた。

少し気まずくなったので、早口で質問を投げかけてしまう。

「あの、ゴッドローブ殿下の護衛はよろしいのですか？」

「うん。もう仕事は終わったんだ」

ゴッドローブ殿下と公妾は早々に会場をあとにし、私室でお酒を酌み交わしていたらしい。

マントイフェル卿は護衛任務を部下に任せ、王妃の生誕パーティーに少し顔を出そうと思っていたところだったという。

「そこで、君と会ったんだ」

「そういうわけだったのですね」

マントイフェル卿は頷きながら、落ちかけていたブランケットを掛けてくれる。

いつもは矢継ぎ早に話しかけてくるのに、今日は物憂げな表情で唇を結んでいた。いったいどうしたのか。私の視線に気付いた彼が、思いがけないことを言ってくる。

「君はこの国の社交界に、あまり関わらないほうがいい」

「それは、どうしてですか？」

「華やかに見えて、裏側はドロドロとして汚いんだ」

それに関しては、ビネンメーアだけではないだろう。

ヴルカーノの社交界だって、清く正しいものではない。

「ララはこれから、美しいものだけを見て、おいしいものをお腹《なか》いっぱい食べて、ぐっすり眠って、すてきな服を着て過ごすんだ」

「マントイフェル卿……」

「そして、ゆるやかに老いて死んでほしい」

途中までよかったのに、最後の言葉で真顔になってしまう。

それは私を笑わせようとして言ったのではなく、本心から口にした言葉だったようだ。

戸惑う私を、マントイフェル卿はきょとんとした顔で見つめる。

「あの、マントイフェル卿、どうして死ぬ瞬間まで言ったのですか？」

「え、眠るように自然に死ぬのって、とっても幸せなことじゃない？」

「そう、でしょうか？」

「そうだよ。痛くもないし、辛《つら》くもないし、苦しくもない。僕の個人的な理想はかわいい孫が起こしに来て、〝お祖父さん、いつまで眠っているんですか？　まったく、お寝坊さんですね。……お祖父さん？　お祖父さん!?〟みたいな最期がいいかな」

「かわいい孫に死亡確認をやらせないでください」

ぐったりと脱力してしまう。

けれども彼との会話のおかげで、張り詰めていた心が落ち着いたような気がした。

いつの間にか気力も回復したので、ぐっと起き上がる。

「マントイフェル卿、ありがとうございました」

「なんのお礼？」

「いろいろと助けてくださったことへの感謝ですわ」

「そっかー。ララに恩を売ってしまったかー。お礼はデート五回分とかでいいよ」

「申し訳ありません。ヴルカーノに夫を残してきている身ですので、デートはお断りします」

「あ――――、そうだった!!」

会ったことすらない夫の存在が、私を助けてくれた。

やはり、フロレンシの母親としてビネンメーアにやってきたのは大正解だったようだ。

「チュロスでしたらいつでも作りますので、お暇なときはいらしてください」

「ああ、いいね。君の作るチュロスはとてもおいしいから、楽しみにしているよ。紅茶も淹れてほしいな。君の紅茶は特別だから」

「何杯でもお淹れします」

「ありがとう」

マントイフェル卿は美しい微笑みを浮かべる。

いつもの胡散臭《うさんくさ》さが滲む笑みではなく、心から喜んでいるように見えた。

なんとか双方が納得する場所に着地できた。

そろそろ帰らないと、侯爵夫人やフロレンシが心配するだろう。

立ち上がろうとした瞬間、目の前に手が差しだされる。

「ララ、侯爵邸まで送っていくよ」

いつもだったら断っていたが、今日はどうしてか彼に甘えてもいいのではと思ってしまう。

差しだされた手にそっと指先を重ねると、マントイフェル卿は優しく握り返す。

少しドキッとしてしまったが、気のせいだと言い聞かせておいた。

王城付近では馬車が大渋滞していたが、マントイフェル卿は関係者だけが通れる道を使って帰ってくれた。

おかげで、早くもなく、遅くもない時間帯に帰宅できたのだった。

◇　◇　◇

翌日、レイシェルが私を訪ねてきた。

「ララさん、ごめんなさい！　会場で落ち合う予定だったのに、ぜんぜん見つけられなかったの」

「仕方がありませんわ」

王妃派と公妾派の小競り合いがあったし、あの人混みの中で知り合いを探すのは困難だろう。

「実は、お祖母様にララさんを連れて帰るように言われていたの。帰り道、たいへんな渋滞だったでしょう？　どうやって帰ったの？」

「それは――マントイフェル卿に偶然会いまして、送っていただきました」

「まあ、そうだったの。意外と親切なのね、彼」

マントイフェル卿の行動は意外でもなんでもなかったが、レイシェルは引っかかったらしい。

「あの人、親切そうに見えて、実はそうでもないって話を聞いていたものだから」

たしかに、一筋縄ではいかない様子はちらつかせていた。

「どうしてララさんには親切なのかしら？」

「気の毒な異国人だと思っているのかもしれません。あとは、侯爵夫人の側付きですので、下手な扱いはできないのでしょう」

「うーん、そうとは思えなくて」

マントイフェル卿の行動に、レイシェルはいったい何を感じたのか。

私は気まぐれな厚意としか思っていなかった。

疑問に思う中で、思いがけない情報がもたらされる。

「実は、マントイフェル卿はイルマの婚約者だったの」

第4章　忍び寄る影

初めて耳にする情報に、言葉を失ってしまう。

マントイフェル卿《きょう》もまた、イルマの死を嘆く者のひとりだったようだ。

昨日、彼が眠るように自然に死ぬのは幸せなことだ、なんて言ったのは、婚約者が湖で亡くなっているのを目の当たりにしたからなのだろう。

「お祖母様《ばあさま》は王太子であるエンゲルベルト殿下にイルマを嫁がせようとはりきっていたみたいだけれど、イルマが気に入ったのはマントイフェル卿だったのよ」

マントイフェル卿とイルマの出会いは七年前まで遡る。

なんでもマントイフェル卿は、十年も前から侯爵夫人のもとを訪れていたらしい。

侯爵夫人とマントイフェル卿の母親がお茶飲み友達で、それを引き継ぐ形になったという話は以前、レイシェルから聞いていた。

「マントイフェル卿がお祖母様のもとへ通うようになってから数年経《た》って、当時十四歳のイルマが、マントイフェル卿に一目惚《ひとめぼ》れしてしまったようなの」

イルマは本物の王子様だと言って、聞かなかったらしい。

「マントイフェル卿は王家に連なる家系の出身みたいだけれど、王子様ではないわ。だからか、お祖母様は長い間、イルマを説得していたのよ」

けれどもイルマのマントイフェル卿へ対する愛は一途《いちず》で、最終的に侯爵夫人は婚約を認めたようだ。もちろん、諸手《もろて》を挙げて賛成したわけではなく、しぶしぶだったという。

「イルマは本当に幸せそうだったわ。けれどもマントイフェル卿のほうは——どこか冷めている印象に思えたの」

侯爵夫人には優しい顔を見せていたようだが、イルマに対しては一歩引くような、事務的な態度を取っているように見えていたらしい。

「お祖母様やイルマは、マントイフェル卿の態度を照れているのだと解釈していたようだけれど、私はどちらが本当の彼なのかわからなくて」

一方は朗らかで明るいマントイフェル卿。

もう一方は感情を交えず、淡々としているマントイフェル卿。

片手で数えられるほどしか顔を合わせていないレイシェルには、彼の本性が見抜けないでいたらしい。

「もしもマントイフェル卿がイルマに優しくしていたら、彼女が深夜に湖に行って、思い悩むことなんてなかったのでは？　と思ってしまうときもあったわ」

イルマは病気がちで、子どもが産めるかわからない、と医者から言われていた。

結婚が近付くにつれて、神経質になっていた部分もあったのだろう。

「ただ、はっきり言えるのは、マントイフェル卿がこれまで親切に接していたのは、お祖母様だけだったの。それだけは揺るがなかったわ」

イルマが死んでからというもの、余計に訪問する回数が増えたらしい。

「きっとお祖母様を励まそう、という気持ちが強かったのでしょう。ララさんがやってきてからは、目的が別にあるように思えてならなかったけれど」

婚約者であるイルマには優しい顔など見せなかった彼が、なぜ私に対して親切に接してくれるのか。考えた結果、ひとつの可能性が浮かび上がってきた。

「もしかしたら、わたくしに何か利用価値があると思ったのかもしれません」

「たとえば？」

「そうですね……。誰かに言い寄られて、好きな人がいるけれど、人妻なんだ、という言い訳に使うとか」

「あ、ありうるわ！」

高貴な身分の女性に言い寄られるマントイフェル卿の様子は、ありありと想像できた。

「彼みたいな人は、年若いお嬢さんよりも、包容力のある年上の女性がいいのかもしれないですね」

「ええ、そうね。ララさんみたいに、少し年上がいいと思うの」

どうやらレイシェルには、私がマントイフェル卿より年上に見えているらしい。

マントイフェル卿はたしか二十六歳。一方、私の実年齢は二十歳だが、二十五歳と年齢を詐称している。

本来ならば六つも年の差があるのに、私が年上に見えていたなんて……。

震える声でレイシェルに指摘した。

「あの、わたくし、マントイフェル卿よりも年下ですの」

「まあ、ごめんなさい!!　ララさんはおいくつだったかしら？」

レイシェルは私が年齢を誤魔化《ごまか》しているのを知っているので、ぐっと接近して耳元で囁《ささや》く。

「二十歳です」

「そうだったわ！　ララさんは落ち着いているし、大人びているからつい……」

逆に、マントイフェル卿は実年齢よりも若く見えていたようだ。

「私ったら、何を言っているのかしら！　本当にごめんなさい！」

「いいえ、お気になさらず」

髪を下ろして、少しだけ華やかな化粧を施したら、年相応に見えていたかもしれない。

髪を結い上げていると、余計に老けて見えるのだろう。

何はともあれ、マントイフェル卿の事情を聞き、彼の人となりを少しだけ理解できたような気がした。

「それにしても、マントイフェル卿は思いのほか高貴なお方だったのですね」

「ええ、そう。王家の家系図には詳しくないけれど、たしかエンゲルベルト殿下とは又従兄弟《またいとこ》の関係だったかしら？」

エンゲルベルト殿下はマントイフェル卿と同じ二十六歳で、少しだけピリつくような関係にあるようだ。

「マントイフェル卿がエンゲルベルト殿下を慕ってニコニコ話しかけている場が目撃されているようだけれど、エンゲルベルト殿下はマントイフェル卿が苦手みたいで」

同じ年の親戚同士、意識してしまう部分があるのかもしれない。

「国王陛下はマントイフェル卿をエンゲルベルト殿下の護衛騎士として任命するつもりだったようだけれど、エンゲルベルト殿下側がお断りしたみたい」

そのあと、ゴッドローブ殿下がマントイフェル卿を騎士として迎え、今に至るという。

「エンゲルベルト殿下とマントイフェル卿の並びは社交界でも大人気で、もしも断られなかったら、夜会で失神する人が続出していたはずだわ」

「エンゲルベルト殿下は人々を救ったのですね」

「ええ、そうなの」

なんとなくだが、エンゲルベルト殿下とは気が合いそうだな、と思ってしまった。

◇◇◇

私がビネンメーアの社交界の派閥問題やマントイフェル卿について戦々恐々としている間に、フロレンシは黙々と勉強していたらしい。

三ヶ月くらいかかるのではないか、という内容をたった一ヶ月で習得してしまったようだ。

勉強を見守っていた侯爵夫人も驚くようなレベルだったらしく、「レンは間違いなく天才よ」というお褒めの言葉をいただいた。

それだけでなく、絶対に教師を付けたほうがいいと私を説得し、家庭教師を招いてくれるようになった。

新しく教師が出入りするのをきっかけに、侯爵邸は変わっていった。

まず、使用人が増えた。

侯爵夫人はフロレンシの世話をする従僕とメイドを新しく雇い入れてくれた。

それにより、従僕だったロイドは執事に、メイドのローザは清掃、洗濯、炊事の責任者であるメイド長に昇格。トニーは総料理長に、アニーは銀器や屋敷の鍵などの貴重品の管理や女性使用人の監督を行う家政婦長の地位を与えられた。

侯爵邸の環境は変わったが、週に一度ある使用人の休日はそのまま残った。

その日は私が食事を作り、侯爵夫人やフロレンシと囲むという、静かな一日を過ごす。

侯爵夫人から、「あなたは大変だろうけれど、私はなんだか癒やされるわ」というお言葉をいただいた。

ビネンメーアにやってきてからあっという間に月日が経ち、想像していなかった穏やかな毎日を過ごしている。

私とフロレンシを受け入れてくれた侯爵夫人には、感謝しかない。

◇　◇　◇

ある日の午後――庭で侯爵夫人の部屋に飾る花を探していた。

寒さが厳しい季節だというのに、侯爵邸の庭には美しい冬の花がいくつも咲いている。橙色《だいだいいろ》の美しい花があると思って近付いたら、駒鳥《ロビン》だった。

私の接近に驚き、バサバサと羽音を立てながら飛び立っていく。

『ニャ、ニャー！』

ガッちゃんが「あそこにきれいな花が咲いてる！」と教えてくれた。

紫色のジギタリスが満開だった。

ジギタリスはあまり花瓶に活《い》けるような花ではないが、珍しくて面白いかもしれない。

しゃがみ込んで摘もうとしたところに、背後から慌てたような声がかかる。

「ああ、ドーサ夫人、いいところにいましたー！」

明るく賑《にぎ》やかな声の主は、最近メイド長に昇進したローザである。

様子からして、何かあったのだろう。

「ローザさん、どうかしたのですか？」

「大事件です！　侯爵夫人が気に入っているハンカチが風に飛ばされて、行方《ゆくえ》不明なんです！」

午前中は風が強く、洗濯物がよく乾いたらしい。

喜んでいたところ、ハンカチがないことに気付いたようだ。

「実はそのハンカチ、イルマお嬢様からの贈り物で、超絶なお気に入りの一枚なんですよー」

「それは大変ですわ」

「そうなんです」

一時間ほど、必死になって探していたようだが、見つからないという。

「もしかしたら裏庭のほうに、飛んでいったかもしれなくて……」

珍しく、ローザの声は小さくなっていった。

「それでその、ドーサ夫人、一緒に裏庭に行ってくれませんか？」

「いいですけれど、どうして？」

「侯爵邸の裏庭って、昼間でも薄暗くて不気味なんです」

「ああ、そういうわけでしたか」

そういう事情があるならば、同行しようではないか。

なぜか私が先頭を歩く形で、侯爵邸の裏庭を目指した。

屋敷の角をくるりと回り、初めてやってくる裏庭へと足を踏み入れた。

「ここは――！」

裏庭は木々が生い茂っていて、湿度が高い。薄暗くじめっとしていて、独特の雰囲気があった。

「驚きました。表の庭と裏庭で、こんなに違うのですね」

「そうなんですよー。怖くて、絶対にひとりでは来たくないんです！　それに――」

「それに？」

「いえ、なんでもありません」

何を言いかけたのか気になったものの、今はハンカチを探すのが先決だろう。

「風に飛ばされたというので、地面に落ちているというより、木に引っかかっている可能性が高いと思うのですが」

「ああ、なるほど！　さっきから地面ばかり見ていました」

歩いていると、なんだかぞくぞくしてくる。

ローザの言うとおり、ひとりでは近付きたくない場所だ。

「もしもハンカチが見つからなかったら、私、解雇《くび》になります」

「大丈夫ですよ。そのときは、一緒に謝りますから」

「ドーサ夫人、なんて人がいいのですかー！」

ローザと話しているうちに、気が紛れてきた。なるべく会話をしながらハンカチを探そう。

裏庭をずんずん進んでいたら、ローザが私の腕を強く引いた。

「うっ、その先は！」

「何かあるのですか？」

「なんでもありませ……いえ、大きな湖があるんです」

裏庭がじめじめしているのは、近くに湖があるからだったようだ。

「でしたら湖にハンカチが落ちていたら大変ですわ。これ以上飛ばされないうちに、早く探しに行きましょう」

「はー……い」

明らかに様子がおかしいローザと共に、裏庭を散策すること三十分ほど。ついに、木に引っかかった白い布を発見した。

「ローザさん、ご覧になってくださいませ。あちらの木に何か布が引っかかっております」

「本当ですね！」

ローザは走って近付き、木に登ってハンカチを手にした。

「ドーサ夫人、侯爵夫人のハンカチで間違いありません！」

「そうでしたか。よかったです」

ホッとしたのも束《つか》の間《ま》のこと。

ローザの背後に湖が見えて、ぎょっとしてしまった。

湖には霧が立ちこめ、なんだか恐ろしい雰囲気を醸し出していたのだ。

「ドーサ夫人、どうかしたのですか？」

「い、いえ、湖が見えたものですから」

「あ！　ひゃあ！」

ローザは私に抱きつき、湖に人影があったと叫んだ。

「え、どちらに？」

「湖にさしかかった木に隠れていました!!　イルマお嬢様の幽霊です!!　間違いありません!!」

「ローザさん、あれは蜘蛛《くも》の巣ですわ」

「く、蜘蛛の巣？」

「ええ、間違いありません」

たしかに、パッと見たら人の形に見えるかもしれない。

確認したローザは、バツの悪そうな表情を浮かべている。

「あの、ローザさん、ひとつ聞きたいのですが。もしかしてここは、イルマさんが亡くなったという湖なのですか？」

「あー、えーっと」

彼女の目の泳ぎっぷりを見たら、間違いないと確信してしまった。

ひとまず、歩きながら話を聞く。

「その、ご指摘どおり、ここはイルマお嬢様の遺体が発見された湖です」

「先ほどから言いかけていたのは、この件なんですね」

「はい」

イルマについての話題は禁句となっている。ローザは比較的彼女の名前を出してしまうようだが、メイド長になってから気を付けていたらしい。

「イルマお嬢様が亡くなられて、使用人達が解雇される前、裏庭で不気味な人影を見たっていう騒ぎが何度かありまして……。未練があって、天国に行けなかったイルマお嬢様が彷徨《さまよ》っているんだ、ってみんなが噂《うわさ》していたものですから、どうしようもなく恐ろしくって」

マントイフェル卿との結婚を目前に、若くして亡くなってしまったのはさぞかし無念だっただろう。魂がこの世に止《とど》まっていて、人影が目撃されるという話が広まってしまうのは、なんら不思議ではない。

「窓から裏庭を覗《のぞ》き込《こ》むことでさえ、怖かったんです」

「そうだったのですね」

話をしているうちに、太陽がさんさんと降り注ぐ庭に出た。

ローザも安心しただろうと思って横顔を見たら、どうにも表情が冴《さ》えない。

まだ何か、気になることでもあるのだろうか。

気分転換になるかもしれないと、私はローザをコテージに招待した。

「ドーサ夫人、いいのですか？」

「ええ。今、レンは屋敷で勉強中で、誰もおりませんので」

初めてコテージにお客さんを招待した。

朝から揚げたドーナツを振る舞うと、ローザは嬉《うれ》しそうに頬張《ほおば》る。

「うう、ドーサ夫人のお菓子、とてつもなくおいしいです」

「お口に合ったようで、何よりですわ」

元気になったかと思いきや、紅茶を飲み干したあとのローザは物憂げな表情を浮かべてしまった。

「それで、ローザさん、何かあったのですか？」

「な、なんでもないですよ!?」

何かありました！　と言わんばかりの慌てっぷりに、ローザ自身も驚いているように見えた。

「ローザさん、わたくし、口がとっても堅いんです。何かあったのならば、ひとりで抱え込まないで、話してくださいな」

それから、もっとドーナツを食べるように勧めた。

ローザはドーナツを一口齧《かじ》ってから、静かに話し始める。

「実は私、大変な場面を見てしまったんです」

それは三年前の、イルマが亡くなる前日の話だったという。

「その日はマントイフェル卿が訪ねてきて、イルマお嬢様は上機嫌でした」

婚礼衣装のデザイン画が完成したようで、どれがいいか嬉しそうに聞いていたらしい。

紅茶を運んでいったメイドが、幸せそうだったと話していたようだ。

「私は洗濯物の回収をしていたのですが、そのとき、庭で会話するマントイフェル卿とイルマお嬢様を目撃してしまい――」

ふたりの逢瀬《おうせ》を邪魔しないよう、ローザはこっそりその場から離れようとしたらしい。

けれども、踵《きびす》を返そうとした瞬間に、イルマの切実とした声が聞こえてきたという。

「イルマお嬢様はマントイフェル卿に、〝愛しているの〟と熱烈な告白をしていたんです」

恋物語のような会話を耳にしたローザは、思わず立ち止まって聞き入ってしまったようだ。

「当然ながら、マントイフェル卿は感極まって、イルマお嬢様を抱きしめるものだと信じて疑いませんでした。しかしながら、私の想像は大きく外れました」

マントイフェル卿はイルマに背を向け、〝僕は君の気持ちに応えることはできない〟という、残酷とも言える一言を返した。

「我が耳を疑いました。マントイフェル卿とイルマお嬢様は、愛し合って婚約したと思っていたものですから」

そのあと、マントイフェル卿は足早にその場を去っていったらしい。

イルマはあとを追いかけたようだが、それ以上会話はできなかったようだ。

「それからのイルマお嬢様はとても落ち込んでいらっしゃって……」

使用人達は皆、イルマの意気消沈っぷりを見て、どうしたのかと心配していたらしい。お喋《しゃべ》りなローザも、さすがに昼間に聞いてしまった会話はメイド仲間には伝えられなかったという。

「その日の晩、イルマお嬢様は行方不明となり、翌日、湖に浮かんだ状態で発見されました」

騎士隊の調査では、何か悩みがあって夜中に屋敷を抜け出し、雰囲気のある湖の前で物思いに耽《ふけ》っていたのではないか。その最中に足を滑らせて落下し、溺れて死亡した、というのが死因として報告されたという。

イルマが湖に浮かんでいるところを従僕が発見したようで、使用人達の間でその様子が克明《こくめい》に伝わったようだ。

「イルマお嬢様が亡くなったあとは、よく夢にみていました。イルマお嬢様が私に、よくも盗み見ていたな、って怖い声で言ってくるんです」

もう三年経ったので夢には出てこなくなったようだが、裏庭へ行くのは今でも恐ろしいようだ。

「それで、その、騎士隊の調査では事故だとされましたが、私は、もしかしたらイルマお嬢様は自分で湖に飛び込んだのではないか、って思ってしまって」

昼間でさえも、裏庭へ足を踏み入れるのは恐ろしい。

そんな場所に、いくら深刻な悩みがあったとしても、夜中にひとりで湖へ行くだろうか？

ローザは長い間、疑問だったらしい。

「裏庭の湖だったら見つかりにくいですし、その、身投げをするならば、言い方が悪いですが、うってつけだな、とぐるぐる考えてしまって」

事故にしろ、自ら身を投げたにしろ、イルマが亡くなってしまった事実に変わりはない。

ローザにはあまり気にしないように言っておく。

「ドーサ夫人、こんな話をしてしまって、申し訳ありません」

「いいえ。ローザさん、あなたもこれまで辛《つら》かったでしょう」

「そう、ですね。気付かないうちに、重荷に感じていたところはあったかもしれません」

私に話して楽になったというので、よかったと思う。

ただ、イルマの死について、少し引っかかる部分に気付いてしまった。

◇◇◇

ある日の晴れた午後――フロレンシと共に庭を散策していたら、水が張ってあるバケツに革の水筒が浮かんでいるのを発見した。

「お母さん、これは庭師のおじさんか誰かの忘れ物でしょうか？」

「そうかもしれないですね」

「どうして浮かんでいるのでしょう？」

「中が空っぽで、空気が入っている状態だからですよ」

「では、中に水を入れたら沈むのですか？」

「ええ」

しゃがみ込んで水筒を拾い上げようとした瞬間、あることに気付く。

それは、湖で溺れて亡くなったイルマについてだ。

もしも足を滑らせ、溺死してしまったのならば、その遺体が湖に浮かんでくるというのはおかしいのではないのか。

溺れたとしたら、水をたくさん飲んで体が重くなり、体は湖の水底に沈むはずだ。

いったいどうして、彼女の遺体は湖に浮かんでいたのか。

考え事をしつつ水筒を手に取ろうとしたが、手が滑ってバケツの中へ放ってしまった。すると、当たり前だが水筒は水面にぷかぷかと浮かぶ。

「――……!?」

そんな様子を目にした瞬間、ある可能性が脳裏《のうり》を過《よぎ》り、背筋がゾッと粟立《あわだ》つ。

まだ、確証はない。けれども私は気付いてしまった。

湖に遺体が浮かんでいた理由は、誰かに殺されてその身を湖へ投げ込まれたからだ。

だから彼女の遺体は沈まずに、湖に浮いた状態で発見された。

イルマの死は事故ではないのかもしれない。

それに気付いた瞬間、胸がどくんと激しく鼓動する。

「お母さん、どうかしたのですか？」

「あ――いいえ、なんでもありません。水筒は園芸用に使っているものかもしれないので、ここに置いておきましょう」

「わかりました」

なんだか恐ろしくなって、フロレンシの手を引いてコテージに戻った。

◇◇◇

ローザと裏庭へ行ってからというもの、イルマの死について考え込むようになってしまった。

彼女はなぜ、死んでしまったのか。

足を滑らせて湖に落ち、溺れ死んでしまった、というのが騎士隊の調査結果だったようだが。考えれば考えるほど、違うような気がしてモヤモヤするのだ。

もしかしたら彼女は誰かに殺されてしまったのかもしれない。

そう考えれば考えるほど、どうしてイルマが手にかけられてしまったのか、わからなくなる。

引っかかる理由はそれだけではない。

ビネンメーアで出会った人々が皆、イルマの家族や知り合いで、彼女の存在が三年経った今でも大きくあるように感じている。

そして、突然の死に納得できていないのを、言葉の端々から感じ取ることができるのだ。

結婚を目前にした年若い娘が、危険だとわかっている行動に出るわけがない。

たとえ愛に応えられないと婚約者から言われたとしても、貴族の家に生まれた娘ならば、それが当たり前だと理解しているだろう。

さらに、彼女が向かった場所も疑問のひとつだった。

昼間でさえ薄暗く、普段から霧が立ちこめているような湖に、夜中にひとりで赴くだろうか？

私だったら絶対に行かない。

もしも歩いて頭をすっきりさせたいと考えたならば、裏庭ではなく庭で充分なのではないか。

おそらく何か大きな理由があって、イルマは湖に足を運んだに違いない。

イルマの死については、不可解な点が多すぎた。

騎士隊が調査したものとは別の真実があるとしたら、残された彼らはイルマの死を認め、穏やかに過ごせるかもしれない。

だから私は、彼女の死の謎について、解明したいと思うようになっていた。

◇　◇　◇

イルマについてどういうふうに調査をしようか。

考えている私のもとに、一通の手紙が届く。

アニーが「侯爵夫人より、今すぐ内容を確かめるように、とのことでした」と言うので、便箋を裏返して誰からの手紙か確認した。

差出人の欄に書かれていたのは、カリーナ・フォン・グラウノルン——国王の公妾《こうしょう》であった。

頭上に疑問符《はてな》が大量に降り注ぐ。いったいなぜ、公妾が私に手紙を送ってくるのだろうか？　封筒を開け、中にあった便箋を引き抜いた。ドキドキしながら、手紙を読む。

そこにはヴルカーノの文化について触れたいので、お茶を飲まないか、という招待だった。

あまりにも私が頭を抱え込むので、ガッちゃんが心配そうに顔を覗き込んでくる。

『ニャア？』

「あ……ええ、ガッちゃん、大丈夫ですわ」

ガッちゃんの円《つぶ》らな瞳が、「大丈夫ではないよね？」と訴えているように思えてならない。

貴族の付き合いは政治的な意図が絡むときもある。公妾に会うか否かは、私が勝手に判断していいものではないだろう。

一度侯爵夫人に話を聞こう。そう思って立ち上がったのだった。

侯爵夫人は庭に出て、優雅に紅茶を飲んでいた。

今日は天気がよく、気温もそこまで寒くないので、気持ちよく過ごしていたようだ。

私を見るなり、侯爵夫人は公妾からの手紙について触れた。

「あなた、カリーナ・フォン・グラウノルンから手紙が届いたのですって？」

「はい」

「どんな内容だったの？」

「それがその、ヴルカーノの文化について知りたいので、お茶を囲んで教えてほしい、というお誘いでした」

「まあ。回りくどい物言いをするのね」

手紙の意図について、侯爵夫人がわかりやすく説明してくれた。

「彼女はきっと、自らの勢力を強めたいと考えているの。あなたに取り入ることによって、最終的には私達侯爵家を味方に付けようと画策しているのよ」

「ああ、そういう真意でしたか」

将を射んと欲すればまず馬を射よ、という作戦だったようだ。疑問が一気に解決する。

公妾を支持する者の多くは、新興貴族だと聞いていた。ファルケンハイ侯爵家のような、歴史ある貴族は公妾を支持していない。

侯爵家が味方となれば、公妾が立つ社交界の基盤も確固たるものになるだろう。

「では、こちらのお誘いはお断りを――」

「いいえ、彼女とは一度会ったほうがいいわ」

まさかの言葉に、我が耳を疑う。

「侯爵夫人、それはなぜでしょうか？」

「あなた、前に王妃殿下とお話ししたでしょう？」

「はい」

「それと同じように、カリーナ・フォン・グラウノルンと話して、彼女がどのような人物か知っておくのは、損ではないと思うの」

直接自分の目で見て、相手がどういう性格で、どういう考えを持っているのかを知るのは、大切なことだと言う。

「社交界で公妾はとんでもない性悪女で、国王は年若い娘に惑わされている、なんて噂話も流れていたでしょう？　その言葉のとおりか、自分で見極めるのも、なかなか楽しいかもしれないわ」

「ええ……」

ただ気になるのは、私が公妾のもとへ足を運んだという話が広まり、公妾派だと思われてしまうことだった。その点に関しては、心配いらないと侯爵夫人は言う。

「派閥の主張は夜会などの行事の場で、双方を象徴するような小物を身に着けることだから、会っただけで派閥に所属したと勘違いされることはないわ」

「それを聞いて安心しました」

ならば、一度会ってみるのもいいだろう。
そんなわけで、侯爵夫人の勧めもあり、公妾と会うことに決めたのだった。

◇　◇　◇

バタバタと忙しく過ごしているうちに、公妾のもとへ訪問する日を迎えた。
手土産《てみやげ》として用意したハンカチを、ガッちゃんと一緒に包装する。
絹のハンカチに、ガッちゃんと作ったレースをあしらった品だ。
お気に召してくれるといいのだが。
ドレスはビネンメーアに来てから初めて自分で購入したドレスである。
ウィローグリーンの美しい布地は、肌触りがとてもよかった。
背中にあるボタンはガッちゃんが留めてくれた。
化粧もしっかり施し、既婚女性に相応《ふさわ》しい華やかさを演出する。
髪型もビネンメーアの流行を勉強し、ガッちゃんと一緒に結えるようになった。
一時間ほどで身なりを整え、フロレンシの見送りを受けながら、侯爵邸を発《た》つ。
ガッちゃんは胸にしがみつき、胸飾りに扮《ふん》してくれた。
ひとりではないので、少しだけ緊張が和らぐ。
ずっと馬車に乗っていたかったのだが、すぐに王城へ到着してしまった。

待ち構えていた侍女の案内で、公妾のもとへと向かう。

侍女が扉を叩《たた》くと、美しい声が返ってきた。

扉が開かれ、豪奢《ごうしゃ》な美女が余裕たっぷりに微笑《ほほえ》んでくる。

「いらっしゃい」

そこだけ天より光が降り注いでいるのではないか、と思うくらいの美しい女性——彼女がカリーナ・フォン・グラウノルンだった。

このように美しい女性は初めて見た。国王が夢中になるのも無理はないのだろう。

迫力ある微笑みに、射貫《いぬ》かれそうになる。

声がかかるのを待っていたのだが、笑みを向けられるばかりであった。

途中で、侍女が公妾に何か耳打ちした。すると、公妾はハッとなり、眉尻が下がった。

「ああ、ごめんなさい。どうぞこちらへ」

侍女は額に手を当て、「やってしまった」という表情を浮かべていた。

公妾は貴人とは思えない素早い動きで長椅子のあるほうまで歩き、焦ったように私に勧める。

「はじめまして、私はカリーナ・フォン・グラウノルンよ」

「ララ・ドーサでございます。お会いできて光栄ですわ」

「ええ、私も！」

明るく返され、少し困ってしまう。

想定していた出会いとは、大きくズレていた。

公妾は私に座るように勧めてから、腰を下ろす。その所作も優雅とは思えない、幼い子どもが勢いよく座る様子に似ていた。

その行動を目にした瞬間、侍女の眉がきっとつり上がった。

小さな声で注意された公妾は、しょぼんと肩を落とす。

「不慣れでごめんなさい。誰かをお誘いすることはめったになくて、慣れていないの」

「は、はあ」

なんというか、公妾の見た目は迫力ある美女なのだが、中身は天真爛漫《てんしんらんまん》な少女のようだった。

王妃の誕生日パーティーで見かけたときの印象は、国王を手のひらで転がす悪女、という雰囲気だった。

けれども彼女を前にしたときの印象は、大きく異なっていた。

「えーっと、今日はなんだったかしら？」

公妾は助けを求めるように侍女を見上げる。すると、助け船を出すかの如《ごと》く、ボソボソと何か教えてもらっているようだった。

「ああ、そう！　ヴルカーノの文化について、教えてもらおうと思って！」

何をするにも侍女に耳打ちされ、そのとおりに行動しているようだ。

口にする言葉も、侍女の言いなりである。

こういう裏表のないところが、国王の胸に響いたのだろうか？　よくわからない。

たしかなのは、礼儀が欠けている彼女を、王妃は気に入らなかったのだろうという部分だ。

その後も、ヴルカーノの歴史と文化について軽く触れたのだが、公妾は興味がないようで、上の空だった。

なんというか、正直な女性なのだろう。

会話が途切れたタイミングで、公妾のほうから話題を振られる。

「そう！　気になっていたのだけれど、あなたはどちらの派閥を選ぶの？」

直球な質問に、彼女の侍女と一緒に目を剝《む》いてしまった。

まさか面と向かって、王妃派か公妾派か聞かれるとは思っていなかったのだ。

「ドーサ夫人さえよければ、私の味方になってほしいのだけれど」

侍女が「そうじゃない、そうではない」と眼力のみで訴えているのを目にしてしまう。

おそらく計画では、遠回しに聞くような流れを想定していたのだろう。

残念ながら侍女は公妾の背後に立っているので、伝わるはずがないのだが。

「私についていていたら、何かあったときに助けられると思うの」

「何かあったとき、とはなんですの？」

反射的に聞き返してしまった。

それを今から話すつもりだったのか、公妾は身を乗り出す。

「ドーサ夫人、あなたは今、危険な環境に身を置いているのよ！」

公妾の言葉に、侍女も頷《うなず》いている。

危険な環境というのは、どういう意味なのか。

「侯爵邸に出入りしている騎士、リオン・フォン・マントイフェルはご存じ？」

「え、ええ。彼がどうかしたのですか？」

「そうなの！　あの騎士は、侯爵家を潰そうとしている、裏組織の手先なのよ!!」

公妾は決まった！　とばかりに満足げな表情を浮かべる。

「マントイフェル卿は騎士とは別の顔がある、ということなのですか？」

「そうよ。あの男は、悪い男なの」

ある意味では悪い男のような気がするが、裏社会で暗躍するような人とは思えない。

「ドーサ夫人は三年前に起こった、侯爵令嬢であるイルマ嬢が事故死した事件は知っているかしら？」

「え、ええ」

「その事件を起こしたのは、リオン・フォン・マントイフェルと囁かれているの。秘密を知ってしまったイルマ嬢を、闇に葬《ほうむ》ってしまったのよ」

「そんな、まさか！」

思わず、相手が公妾であることを忘れ、大きな声をあげてしまった。

マントイフェル卿がイルマを手にかけることなどありえないだろう。

「彼はイルマ嬢にしつこく言い寄られて困っていたようなの。そんな中でイルマ嬢が情報を摑《つか》んだものだから、これ幸いと殺してしまったのね」

たしかにイルマの死については、不可解な点が多いのは事実だ。

仮に夜中にマントイフェル卿に呼び出されたとしたら、イルマは恐ろしい裏庭でも足を踏み入れただろう。

そして――彼女はマントイフェル卿に殺された。

「にわかには信じられません」

「ええ、わかるわ。私も初めて聞いたときは、驚いたもの」

このまま侯爵家に身を寄せていたら、私自身にも危険が及ぶ可能性があると公妾は言い切る。

「マントイフェル卿のやり口は、はじめは女性に甘い顔を見せて、相手が惚《ほ》れてしまったら急に冷たくするの。今、彼はあなたに優しくしている段階ではない？」

たしかに、マントイフェル卿は私に優しくしてくれる。

どうしてだろうか、と疑問でしかなかったものの、隠された目的があるならば納得もできる。

「もしもあなたが彼に好意を示したら、あっという間に手のひらを返すと思うわ」

どくん、どくんと胸が激しく鼓動する。

公妾の話をありえないと思いつつも、そうかもしれないと考えてしまう自分がいた。

「しかしマントイフェル卿は王家の生まれです。そんな彼がなぜ、そのような行動をするのでしょうか？」

「えーっと」

公妾が首を傾《かし》げた瞬間に、侍女が耳打ちする。

「ああ、そう！　そもそもマントイフェルという家名は、これまで存在していなかったの。近年、誰かが作って、王家の一員としてねじ込んだのよ」

話を聞けば聞くほど、マントイフェル卿の怪しさが浮き彫りになってしまう。

「あなたがどれだけ危険の渦中にいるか、よくわかったでしょう？」

「……」

もしも公妾派になるならば、フロレンシを王子の学友として迎えるという。

王子の友達なんて、志願してもなれるものではないだろう。

「それからあなたも筆頭侍女として、迎えるわ。どう？　悪くない話でしょう？」

頭の中はぐちゃぐちゃで、冷静に考えられる状態ではない。

ひとまずここで返事をせずに、いったん持ち帰ることに決めた。

今すぐにでも帰りたかったのだが、手土産としてハンカチを持ってきていたのを思い出す。

公妾との出会いが衝撃的で、すっかり失念していたのだ。

「あの、こちらを、よろしかったらカリーナ様にと思って、持って参りました。受け取っていただけますか？」

鞄《かばん》の中から取りだし、ハンカチですと申告しつつ、遠慮がちに差しだした。

すると、公妾の表情がパッと華やぐ。

「まあ！　私のために、贈り物を用意してくれたのね！　ハンカチだなんて、嬉しいわ！」

国王や親交のある貴族から、山のように贈り物を貰《もら》っているだろうに。

ハンカチでここまで喜ぶのは意外だった。

「こういうささやかな贈り物をいただくのは、実は初めてなの。他の貴族の女性達はみんな意地悪で、お茶会を開いても私を無視するし、こういうお品なんて、誰も用意しないわ」

公妾派からもご機嫌取りのような贈り物が届くようだが、首飾りや耳飾り、ティアラやドレスなど、高価な品物ばかりだという。

「実は、こういうお品物のやりとりに、憧れていたの。気を遣わない者同士で、センスがいいものを贈り合うのって、すてきじゃない？　私も、ドーサ夫人に何か用意しておけばよかったわ。まさか、こんな品を用意してくれていたなんて、夢にも思っていなかったから！」

想定していた以上に、贈り物を喜んでくれたようだ。

「いったいどんなハンカチなのかしら？」

わくわくした様子で、公妾は包みを開く。

リボンを解《ほど》き、包装紙を開いた瞬間、公妾の瞳がキラリと輝いた。

「まあ、なんて美しいハンカチなの！　とっても気に入ったわ！　ドーサ夫人、本当にありがとう」

「お気に召していただけたようで、何よりです」

公妾はハンカチをシャンデリアの明かりに透かし、うっとりとした表情で見つめている。

「このレースの精緻な模様がきれいだわ。使うのがもったいない。観賞用にしようかしら」

公妾が侍女にもハンカチを見せたところ、とても繊細で上品なレースだと評していた。

普段から多くのレースを見ているであろう侍女に褒められると、なんだか嬉しくなる。

うちのガッちゃんが作ってくれたのだ、と自慢したくなった。

「ねえ、このハンカチ、私も買いたいから、どこのお店で購入したか教えてくれる？」

「あ――こちらはその、城下町の小売店《ブティック》で購入した品なのですが」

「そうなのね。ねえ、マリ、今から二十枚ほど買いに行ってくれる？」

公妾は侍女にハンカチを買いに行くよう命じる。慌ててそれを止めた。

「あの、申し訳ありません。ハンカチは購入した品ですが、レースはこちらで施した手作りの品なのです」

「ドーサ夫人が、このレースを編んだというの!?」

「正確に言いますと、わたくしだけではなく、妖精の力を借りて完成させたレースになります」

私の力だけで編もうとしたら、このレースは一ヶ月あっても作れないだろう。

妖精と聞いた公妾は目を丸くし、驚いているようだった。

「ドーサ夫人、あなた、妖精さんとお友達なの!?」

「え、ええ」

「すごいわ！　優しくて気が利くだけじゃなくて、こんな美しいレースが作れるなんて。ますます私の傍《そば》に置きたいわ！　あなたと妖精が編んだレースでドレスを作ったら、とってもすてきだと思うの」

レース作りに関しては、ここで自分の考えをはっきり表明する。

「申し訳ありません。わたくしはレース編みを仕事にするつもりはございません」

「どうして!?」

「妖精の力を使って作るレースは、魔力を消費します。それだけでなく、大量に作るとなれば、妖精自身の負担も大きいのです」

時間が巻き戻る前の世界で、私はたくさんのレースをガッちゃんと作った。

私だけでなく、ガッちゃんの重荷も相当なものだっただろう。

胸飾りの振りをしているガッちゃんに、指先でそっと触れる。

すると、ガッちゃんは小さな手を重ねてくれた。

「そうだったの。無理を言ってしまって、ごめんなさいね」

「いえ」

ガッちゃんが使う蜘蛛細工《テララニャ》は、私が必要なときだけ使おうと決めているのだ。時間が巻き戻る前のように、お金を稼ぐ手段として使うつもりはない。

今回のハンカチも、公妾へ敵意がないと伝える手段だったので、自分のためだと言える。

そういうふうに言ってもらえたこと自体は嬉しかった、と公妾に伝えた。

「では、そろそろお暇《いとま》いたします」

「長い間引き留めてごめんなさいね。ハンカチ、本当に嬉しかったわ。ありがとう」

立ち上がって会釈し、公妾の部屋を出る。

侍女の先導で、王宮の長い廊下を歩いた。

行きとは違う道だったので、キョロキョロと周囲を見ていたら、肖像画がずらりと並んだ空間に出た。

国王の大きな肖像画の隣には、若かりし頃だと思われる王妃の絵が飾られていた。

その隣に、公妾の絵があったのでギョッとする。レオナルド殿下らしき赤子を胸に抱き、美しい微笑みを浮かべていた。

普通、こういう場は正式な王族以外の肖像画が飾られることはない。

国王がどれだけ公妾を特別扱いし、心から愛しているのか知ることとなった。

公妾の隣はエンゲルベルト殿下である。これは十五歳の成人の儀を執り行ったときに描かれたものだろうか。今より幼い印象があった。

その隣に飾られていたのは、初めて目にする女性王族であった。

年頃は十五歳くらいだろうか。

プラチナブロンドの美しい髪に、陶器のような肌を持つ美少女だ。

目は伏せているので、瞳の色などはわからない。

「あの、こちらの絵は？」

思わず立ち止まって聞いてしまう。

「そちらのお方は、マリオン王女です」

体が弱く、一度も社交界に姿を現したことがない、深窓の王女らしい。

そういえば、そんな話を聞いた覚えがあった。

「マリオン王女は先代公妾アンネ様の一人娘でして、母君が亡くなってからは、西の静養地で療養されているとのことです」

「そうだったのですね」

先代公妾についても、国王の寵愛《ちょうあい》は相当なものだった、なんて過去を耳にしていた。

二代続けて公妾を深く愛するなんて、王妃が気の毒になってしまった。

王族や貴族の結婚なんてそんなものだとわかっているが、国王のように愛を隠さずに人目を憚《はばか》らないケースは極めて稀《まれ》だろう。

会話が途切れたのと同時に、侍女は歩き始める。

おそらくだが、彼女は公妾の肖像画を見せるために、わざわざこの道を選んだのだろう。

公妾の社交界における影響力は大きい。味方になれば、大きな益をもたらすと知らしめる目的があったに違いない。

侍女と別れ、馬車に乗り込む。

たった一時間半ほどの間にたくさんの情報を得たので、混乱状態である。思わず頭を抱えてしまった。

◇◇◇

厳しい寒さは和らぎ、ここ最近は暖かな日差しが降り注ぐ。

冬は終わり、春を迎えつつあるのだ。

私は暇な時間を見つけては庭に出て、庭師の仕事を手伝うようになっていた。

ここ最近、悩み事が尽きないので、草木に触れることで癒やしを求めているのかもしれない。

今日は春に盛りを迎える、薔薇《ばら》の手入れを行っていた。

蕾《つぼみ》を持たない新芽を切り落としたり、茎の状態を一本一本確認したり。美しい大輪の薔薇を咲かせるためには、入念に手を加えなければならないのだ。

ガッちゃんは私が切り落とした茎を集め、自慢の糸で縛ってくれる。

その働きっぷりを見た庭師のおじさんから、即戦力だ、と褒められていた。

ガッちゃんは照れくさそうに、『ニャ～』とかわいらしく鳴いていた。

ぱちん、ぱちんと茎を切る音を聞きながら、ついつい物思いに耽ってしまう。

イルマはマントイフェル卿に殺されてしまった――？

公妾から聞かされた話が、頭の中でぐるぐる繰り返されている。

彼女の死について考えれば考えるほど、不審な点がありすぎた。

湖に浮かんだ状態で発見された理由についても、誰かに殺されたというのならば納得できる。

ただ、イルマを手にかけた犯人がマントイフェル卿というのは、信じているわけではなかった。

他人から聞いた情報だけで、判断するつもりは毛頭なかったのだ。

いったいどうやってマントイフェル卿について調査をすればいいのか。

そう考えているところに、背後から声がかかった。

「ララ、こんなところにいたんだ」

「――!!」

明るく朗らかな男性の声――振り返った先にいたのはマントイフェル卿だった。

驚いて叫ばなかった私を褒めてほしい。

相変わらず彼は気配がなく、神出鬼没だった。

マントイフェル卿がイルマを殺したという話が脳内に甦《よみがえ》り、ゾッとしてしまった。

信じられないと公妾に言ったものの、いざ本人を目の前にしてしまうと、恐ろしいと感じてしまう自分がいた。

「マントイフェル卿、わたくしに何かご用ですか？」

「別に。顔を見たいなって思っただけだよ」

いつもだったら、「またまたそんなお戯れを」なんて返していたのだが、今日は咄嗟《とっさ》に言葉が出てこなかった。

「ララ、なんだか疲れてる？」

「そ、そう、ですか？」

「目の下に隈《くま》があるし、顔色もよくない」

それはここ最近、イルマの死について考えていたら、眠るのが遅くなっていたからだろう。

「休日はゆっくり休めている？」

「ええ、もちろんです」

「何をしているの？」

「それは――」

コテージの掃除をしたり、フロレンシと本を読んだり、お菓子を焼いたり、料理を作ったり、充実しているとしか言えない時間を過ごしていた。

しかしながら、私の休日の過ごし方を聞いたマントイフェル卿は驚いた表情を浮かべる。

「ねえ、ララ。それってぜんぜん休んでいるとは言えないよ。立派に働いているじゃないか！」

「働く？　わたくしにとって働くというのは、侯爵夫人に侍《はべ》り、役に立つことです。それ以外は労働とは言いません」

そんな私の主張を聞いたマントイフェル卿は、額に手を当てて深いため息を吐《つ》いた。

初めて見る、酷《ひど》く呆《あき》れたような、少し怒っているような反応である。

「休日は気分転換をする日なんだ。その大切さに、君はまったく気付いていない」

「掃除や料理をしたり、レンと遊んだりすることは、わたくしにとっては気分転換です」

「ぜんぜん違うよ。ララ、君は侯爵夫人に頼んで、コテージで働くメイドを雇い入れたほうがいい」

「必要ありませんわ。家のことは、わたくしができますから」

「今は平気でも、何年か経ったら君は倒れてしまうよ。そうなったら君以外、頼りになる家族がいないレンはどうなる？　近い将来、悲しませるとわかっていても、意地を張って続けるとは言わないよね？」

辛辣《しんらつ》とも言える言葉だったが、間違ったことは言っていない。

マントイフェル卿の言うとおり、私が無茶《むちゃ》をして倒れてしまったら、レンは頼りになる大人がいなくなってしまう。

「……言われてみればそう、ですわね」

　ここに来てからというもの、他人に頼ってはいけないという考えのもと、せかせかと働いていたような気がする。もしも誰かを頼るという行為が許されているのならば、甘えることもひとつの手なのかもしれない。

「マントイフェル卿、ありがとうございます。のちほど、侯爵夫人に相談してみますわ」

「そう、よかった」

　マントイフェル卿は安堵《あんど》したような表情で微笑む。

　そんな彼を目の当たりにした私は、今、感じている優しさが偽りなのか、本物なのか見抜けないでいた。

「お礼として、デートしてもらおうかな」

　今、この瞬間に、彼について調査する方法を思いつく。

　私がマントイフェル卿に近付き、好意があるような素振りを見せたらいいのだ。

　そうすれば、本性を見せてくれるだろう。

　絶好のタイミングでデートに誘ってくれたものだ。すぐさま私はにこやかに受け入れる。

「ええ、いいですよ」

　マントイフェル卿は、デートの誘いはいつもどおり断られると思っていたのだろう。

　ポカンとした表情で私を見つめる。

「わたくし、何かおかしなことを言いましたか？」

「いやだって、君、僕との付き合いを嫌がってたじゃん」

「そのように見えていたなんて心外です。夫がある身として、マントイフェル卿との適切な距離を保っていただけです」

「だったらなんで、デートしてくれるの？」

「気分転換に付き合っていただこうと思って。大切なのでしょう？」

小首を傾げて問いかけると、マントイフェル卿はこくんと頷いた。

これまで、マントイフェル卿と言葉を交わすのは多かったが、長く過ごしたことはなかった。

きっと数時間、共にいたら、彼の本性にも気付けるはず。

そんなわけで、彼と出かけることとなったのだった。

◇◇◇

ひとまず、マントイフェル卿に指摘されたメイドの雇用について、侯爵夫人に相談した。

すると、呆れた表情で言葉を返される。

「いつ言ってくるんだって、待ちくたびれていたわ。私のほうはすでに、コテージで働くメイドを雇っている状態だったのに」

「そ、そうだったのですか？」

「ええ。あなたの意思を大事にしたいから、私のほうからは言えなかったの」

なんでも侯爵夫人は私が時々、疲れた顔をしているのに気付いていたらしい。

そこで、フロレンシから私の休日の過ごし方について、聞いていたらしい。

私は頑固なので、侯爵夫人から勧めても受け入れないと思ったようだ。そのため、言ってくるのを待っていたという。

「レンも心配していたわ。お母さんは働きすぎだって」

「忙しくしているつもりはなかったのですが」

ビネンメーアに来た当初は、いつかメイドを雇い入れようと考えていた。けれどもいざ生活が始まったら、私ひとりでも大丈夫だと思うようになっていったのである。

「これで安心して、あなたを側付きとして置けるわ」

「ご心配をおかけしまして、申し訳ありませんでした」

「いいのよ。でもどうして、いきなりメイドを雇う決意を固めたの？」

「それは、マントイフェル卿にそうしたほうがいいという指摘を受けまして」

「まあ、彼が!?」

「はい。珍しく、少し怒った様子で言われてしまいましたわ」

他人に深入りせず、いつも調子のいいことを言って、のらりくらり生きているように見えるマントイフェル卿からのまっとうな意見は、私の胸に響いてしまったのだ。

「そう。意外、というか、他人に対して彼がそこまで踏み込んで意見するのを聞いたのは、初めてだわ。ララ、あなたはリオンにとても気に入られているのね」

その言葉を、そっくりそのまま信じるわけにはいかない。自分自身の目で、彼がどういう人物なのか知る必要があるのだ。

「マントイフェル卿の件で、もう一点報告しておこうと思いまして」

今度の休日に、彼と出かけることを伝えておく。そうすれば、もしも外出中に私が誘拐されたり、命を脅かされたりするような事件が起きたら、真っ先にマントイフェル卿が疑われるだろうから。

「あなたがリオンと出かけるですって？　あなた、ずっと彼の誘いを頑《かたく》なに断っていたでしょう？　いったいどういう風の吹き回しなの？」

「それは――」

マントイフェル卿を知ろうと思ったきっかけは、イルマの死の謎に触れたからだ。それをそのまま侯爵夫人に言っていいものなのか。

少し迷ったが、すべてを説明せずにやんわりと伝えてみた。

「実は、マントイフェル卿についての悪い噂を耳にし、とても衝撃を受けまして……。ただそれをそっくりそのまま信じるというのはよくない気がして、彼がどういう人なのか、わたくし自身の目で確認したいと思った次第です」

「そう」

マントイフェル卿のよくない噂について、侯爵夫人は把握していたのだろう。それについて、深く聞かれることはなかった。

「ララ、あなたは噂を聞いて、リオンが怖いと思わなかったの？」

「正直に言えば怖いです。けれども、他人からの情報を鵜呑《うの》みにして、誰かを嫌ったり、怖がったりする自分のほうが怖いと感じてしまいました」

「ええ……あなたの言うとおりだわ」

侯爵夫人は私の無謀とも言える行動を反対せず、応援してくれた。

「でも、念のため、気を付けてね。私はリオンのことを信用しているけれど、その信用があなたにまで働くとは思っていないから」

「わかっております。ガッちゃんも一緒ですし、もしも何かあったときは糸でぐるぐる巻きにして、時計塔に吊《つ》るしますので」

「あら、あなた、いい対処法を知っているじゃない」

「もちろんですわ」

マントイフェル卿が私に牙を剝くことがあっても、ガッちゃんといればどうにかなるだろう。

時間が巻き戻る前までは、レースを作ること以外に蜘蛛細工《テラランニャ》を使っていなかった。

けれども今は、自分を守るためにも使いたい。

ガッちゃんも同じ思いのようで、キリリとした表情で『ニャ！』と鳴きながら頷いていた。

◇　◇　◇

あっという間にマントイフェル卿と出かける日を迎えた。

一応、フロレンシにも言っておいたのだが、「楽しんできてくださいね！」と明るく返されるばかりだった。

少しだけ、「お母さんは僕とマントイフェル卿、どちらが大事なんですか？」なんて言ってほしいと思っていたのだが……。

フロレンシも姉離れをする年頃なのかもしれない。

いくらかわいくても、いつまでも一緒にはいられないのだ。

こうして異性と出かけるなんて、とても久しぶりなのではないか。と考えたところで、その記憶がないことに気付く。

婚約者だったアントニーとは、一度もデートなんぞした覚えがなかった。

会うときはメンドーサ公爵邸か、夜会の会場のいずれか。

他のご令嬢は舞台を観に行ったとか、百貨店に出かけたとか、そういう話を聞いていた。

そのとき、なぜアントニーは誘ってくれないのか、と思ったことすらなかったのだ。

きっと彼との結婚は政治的なもので、関係を深くしようと望んでいなかったからだろう。

それに気付いた途端、異性と出かけるときはどういうふうに振る舞えばいいのか、わからなくなってしまった。

しかしながら、私は人妻という設定である。

こういうことに慣れていない様子を見せたら、マントイフェル卿は不審がるだろう。

どうして初めてのデートの相手が、女性との付き合いに慣れていそうな彼なのか。

思わず頭を抱え込んでしまった。

迎えの馬車が到着した、とメイドから声がかかった。

もう逃げられない。

腹を括《くく》って、マントイフェル卿と向き合うしかないのだ。

胸飾りと化した相棒、ガッちゃんだけが頼りである。

「ガッちゃん、今日はよろしくお願いしますね」

『ニャ！』

ガッちゃんはいつになく勇ましい表情と声で、返事をしてくれた。

フロレンシの見送りを受けながら、玄関を出る。

そこにはすでに一台の馬車が乗り入れられていた。

息を整えてから馬車に乗ろうとしたのに、すぐに扉が開き、中からマントイフェル卿が下りてくる。襟が詰まった黒いジャケットにズボンとブーツを着用し、肩掛けマントを合わせた恰好《かっこう》で登場した。いつもは近衛騎士の制服姿なので、私服姿を見るのは初めてだった。

首元のボタンは閉められておらず、首筋から白い肌がちらりと覗く。いつもよりもいくぶんかラフな恰好だ。

マントイフェル卿は私を見るなり、喜んで主人に駆け寄る犬みたいな雰囲気でやってきた。

「ああ、よかった。すっぽかされたらどうしようって思っていたんだ」

「あなたとの約束をすっぽかす女性なんて、いらっしゃるのですか？」

「ううん、いない！　でも、ララはしそうだな、と思って」

「わたくしはそのような不誠実なことはしません」

「そうじゃなくって。なんて言えばいいのかな、もしもレンが急に病気になったら、来ないだろうなって思っていただけ」

　たしかに、いくら約束していたとしても、レンが病気になったら当日でも断るだろう。

　その辺は認めないといけない。

「でも、それが普通ではありませんの？」

「普通、貴族の子どもにはたいてい乳母《うば》がいるから、看病は任せて遊びに行くものなんじゃない？」

「そう……ですのね」

　そういう人がいるのか、と内心驚いてしまう。

　実家にいた頃、レンが熱を出したら一日中傍にいて、看病していたものだ。

　当時、乳母はいたものの、心細いだろうからと、なるべく付き添ってあげるようにしていた。

「理解できない、って顔をしているね」

「いえ……。子育てをしない貴族は、珍しくありませんし」

　同じ屋敷に住んでいるのに、家族とめったに顔を合わせない貴族だって大勢いる。

　ただ私は、幼少期から両親に育てられたし、長年ひとりっ子だったから、弟が生まれたときは嬉しくて、かわいくて、どうしようもなく愛《いと》おしくて、片時も離れたくないと思っていたのだ。

「ララみたいな母親がいるレンが羨ましいな。愛されて、さぞかし幸せなのだろうね」

まるで、自分は幸せではないという、どこか投げやりにも聞こえる言葉だった。

愛は目に見えず、心でも感じにくいものでもある。

わかりやすく愛情を示す、という行為は簡単なようで、実は難しいのかもしれない。

「僕の母親はけっこう自分勝手な人でね、僕なんか二の次三の次だったような気がする」

いつも明るいマントイフェル卿の瞳に、暗く沈んだ色が滲《にじ》む。

どういう環境で育ったら、このような目付きができるというのか。

今の関係で、踏み込んでいい話題ではないだろう。

会話が途切れたタイミングで、そろそろ行こうかと声をかけた。

「では、お手をどうぞ、ご夫人」

「ええ、ありがとうございます」

こうやってエスコートされるのは想定済みである。

手と手が触れ合った瞬間、恥ずかしくなってしまう。

頬や耳が赤くなってませんように、と祈るしかない。

平常心、平常心と心の中で繰り返し、馬車に乗り込んだ。

マントイフェル卿も乗り込んで剣の柄《つか》で御者が座る席の壁を叩くと、馬車は動き始める。

気まずさを感じる前に、話しかけた。

「今日はどちらに行きますの？」

「まずは舞台を観て、そのあと喫茶店でお茶を飲んで、買い物をして、食事をして――そのあとはどうする？」

「帰ります」

「やっぱりそうなるよねー」

　一日中みっちりと予定を入れているのに、それ以上どこに行くというのか。

　思わずぐったりと脱力してしまう。

　ここに来るまでに感じていた緊張も、どこかに行ってしまった。

「それにしても、夢みたいだな。まさかララが一緒に出かけてくれるなんて」

「マントイフェル卿のほうこそ、わたくしみたいな既婚者に興味を示すなんて驚きですわ」

　思いのほか刺々《とげとげ》しい物言いになってしまったが、マントイフェル卿がダメージを受けている様子はない。

「普段だったら、既婚者はお断りなんだけれど、ララは特別だね」

「あら、どうしてですの？　既婚者相手に遊んだほうが、後腐れがない気がするのですが」

「いや、後腐れありまくりだよ。ゴシップ誌でよく報じられているけれど、人妻に手を出して、旦那さんから殴り込みを受けたり、予期せぬ妊娠をさせて多額の養育費を請求されたり……。目も当てられないようなトラブルが多発しているみたいなんだ」

　不誠実な付き合いをしているから、そういう目に遭うのだろう。

「わたくしは夫がビネンメーアにいないので、その辺の心配はいらないってわけですのね」

「いや、違う。君はなんていうか、特殊なパターンだと思う」

「特殊、ですか？」

「そう」

「夫から逃げてきているから、ですの？」

「いいや、それも違う。ララの場合は、夫の存在がまったく感じられないんだ。なんて言うのかな、まるでいないような、そもそもこの世に生きてないのではないか、っていう、不思議な感じ」

マントイフェル卿から夫について指摘され、ドクン！　と胸が激しく鼓動する。

レンとの母子《おやこ》を演じる設定については深く作り込んでいるつもりだったが、夫についてはからっきしだ。質問をされた日には、誤魔化し通せるのだろうか？

なんて考えているところに、まるで心の中を見透かしたような質問を受ける。

「ララ、旦那さんの名前、聞いてもいい？」

「――っ！」

旅券には家名であるドーサの名前しかなかった。まさか今日、質問されるなんて思っていなかったので、わかりやすいほどうろたえてしまう。

マントイフェル卿の瞳が、嘘《うそ》を追及するかのように鋭く突き刺さる。

けれどもそれは一瞬で、すぐに表情が和らいだ。

「ごめん。暴力を受けていた夫の名前なんて、口にしたくもないよね」

そういうふうに言えばよかったのだ、と今になって気付く。

ただそれは、微笑みながら言うことではないのだが……。

「話は戻るけれど、ララが普通の女性《ひと》と違うなって思った理由は、初めて会った日に警戒芯剝き出しで睨《にら》んできたところかな。それが侯爵夫人を守るためだって、すぐに気付いたんだけどね」

マントイフェル卿を睨んでいるつもりなど毛頭なかったのだが、侯爵夫人を守るような動きを取ったのは事実である。まさかその点について気付かれていたなんて、夢にも思っていなかった。

「言葉を交わしても、君のツンケンした態度は変わらなくて、この人はどうしてこうも頑ななんだって思ったら、子どもがいると知って、その子を守るために強くなったんだ、って思ったら、なんだか俄然《がぜん》、興味を抱いてしまったんだよ」

何もかもお見通しのようで、恥ずかしくなる。

普段、おちゃらけた態度しか見せないのに、初対面のときから注意深く観察されていたようだ。

「あ、そうだ。今日、初めてのデートを記念して、贈り物を持ってきたんだ」

いったい何を贈ってくれるというのか。

少し身構えてしまう。

「じゃーん！　クリスタル・スノードロップの苗だよ」

目の前に差しだされたのは、水晶のように澄んだ蕾を付けたスノードロップだった。

「これは、なんですの？」

土に植えられているので、植物で間違いないのだろう。

けれども花は水晶を削って作った細工のような美しさがあった。

「魔法植物だよ。魔力が降り注ぐ夜に開花するんだ」

なんでもビネンメーアには、魔法使いが品種改良した魔法植物がいくつか存在するらしい。

「侯爵家の庭に植えたら、きっときれいな花を咲かせると思うよ」

「そんなお花があるのですね」

私が庭に出て、庭師の仕事を手伝っているのを見て、植物が好きなのではないか、と思ったらしい。もしもこれが水晶の置物ならば受け取るのが負担だったが、侯爵家の庭に植えられる植物ならば素直に受け取れる。

「ありがとうございます。どんな花が咲くのか、楽しみにしております」

続けて、ガッちゃんにも小さな包みが差しだされた。

『ニャ!?』

「これはガッちゃんに」

『ニャア！』

ガッちゃんは嬉しそうに受け取り、紐《ひも》を解いて中身を確認する。

包まれていたのは、薔薇の形をした砂糖細工だった。

『ニャー！』

気に入ったようで、ガッちゃんは砂糖細工に抱きついていた。

なぜ、ガッちゃんの好みを把握しているのかと思ったのだが、なんでも侯爵夫人よりガッちゃんの好きなものを聞き出していたらしい。

「ガッちゃんにまで、ありがとうございます」

「いえいえ」

そんな話をしているうちに、目的地である劇場に到着した。

ビネンメーアは芸術に関心がある貴族が多いようで、ヴルカーノにあるものよりかなり規模が大きい。

「ララ、もしかしてこういうところ、かなり久しぶり？」

「あ——ええ。実はそうなんです。おそらく、幼少期以来でしょうか？」

母は病気がちで外出できる日は少なかったし、父は忙しかった。そのため、演劇や歌劇を見た最後の記憶は、十代前半くらいだろう。

「旦那さんは連れていってくれなかったんだ」

「あ……まあ、そう、ですわね。その、ヴルカーノの貴族は、そこまで舞台鑑賞に興味があるわけではなくて。わたくしは好きですけれど」

「そう」

深く話を聞かれたらどうしようかと思っていたものの、マントイフェル卿はさらりと返事をするばかりであった。

劇場前にあるロータリーで馬車が停《と》まる。

マントイフェル卿は先に降りて、私に手を差し伸べてくれた。

エスコートを受けながら御者が用意した踏み台《ステップ》を踏んだのだが、踵《かかと》の高い靴を履いていたので、少しよろけてしまった。

すぐさま、マントイフェル卿が抱き止めてくれる。

美貌が眼前に迫る形となり、ドギマギしてしまった。

平静を装おうとした瞬間、あることに気付く。

「あら、マントイフェル卿、お化粧をされているのですか？」

「うん、いつもしているよ」

なんでも肌が青白く、不健康に見えるので化粧をしているらしい。

「あとはシミとか、クマとかも目立つし、唇はすぐ紫色になるから、化粧で誤魔化しているんだよねー」

化粧をする男性との出会いは初めてである。まじまじと眺めていたら、マントイフェル卿は私の視線から逃れるように距離を取った。

「男が化粧をするとか変かな？」

「いいえ。とてつもない美意識に、尊敬の念を抱きました」

「本当？　よかった！」

前に化粧をしていると知った女性から、女々しい趣味があるものだ、と言われたことがあったらしい。

「なんて言えばいいのかな。その言葉自体はどうでもよかったんだけれど、化粧をすることに対して非難するような物言いがショックだったんだ」

私の言葉を聞いて、自信が付いたという。

「ララ、ありがとう」

「お礼を言われるようなことではないと思うのですが」

「それでも、嬉しかったから！」

周囲には腕を組み、寄り添って劇場に入っていく男女ばかりだ。

そんな中で、マントイフェル卿は私の手を握って歩き始める。

「あ、あの、手を繋《つな》ぐのはちょっと」

「この人込みだったら、離れ離れになってしまうから、少し我慢してね」

我慢するように、と返されると、これ以上何も言えなくなる。

言葉選びが絶妙だ、と心の中で思ってしまった。

マントイフェル卿は個室になっているボックス席に案内してくれた。薄暗い中、ふたりきりで大丈夫なのか、正直なところ心配だった。

椅子は長椅子ではなく、一人掛けの椅子だったが、少しだけ手を伸ばせば触れられるような距離にある。

マントイフェル卿が席を外しているうちに、ガッちゃんを指先に移動させた。指輪のようにしがみついてくれる。

もしもマントイフェル卿が触ってきたら、針のように鋭くさせた糸で刺すようにお願いしておく。

戻ってきたマントイフェル卿は、パンフレットを私に差しだす。どうやら売店まで、買いに行ってくれたらしい。

表紙の分厚い紙には金の箔押《はくお》しでタイトルが印刷されていて、中には役者の絵や劇中歌の歌詞、演出家のインタビューなど、読み応えのある一冊だった。

幼少期に行った覚えのある舞台でのパンフレットは、ふたつ折りにされただけの簡素な印刷物だったような気がする。

こういうパンフレットも、舞台作品に注目が集まることが多いビネンメーア独自の文化なのだろう。パンフレットをパラパラ捲《めく》っているうちに、開演を知らせる鐘の音が響き渡る。

背筋を伸ばし、舞台上に視線を送った。

上演される作品はビネンメーア国内で長年人気を博している喜劇だった。

久しぶりに声をあげて笑ったような気がする。

父が亡くなってからまだ一ヶ月しか経っていないのに、こんなに笑っていいのかと思ってしまったが、我慢もよくないと思って素直に楽しんだ。

思いのほか、舞台に夢中になり、独自の世界観に引き込まれてしまった。

それはマントイフェル卿も同じだったようで、肩を揺らして笑っていた。

最後まで彼が私に触れてくることはなく、どうやら自意識過剰だったようだ。

終演後はマントイフェル卿のお気に入りだという喫茶店に連れていってもらった。

そこは美しい庭が自慢で、今の季節は水仙が満開だった。

ここも個室になっていて、他人の目を気にせずに紅茶や店自慢の菓子を楽しめるという。

劇場から個室だったのだが、初めて行く先々は人の目があるところにしてほしい。

こういうところは普通、親しくなってから行くものなのだ。

「ララ、ここは三段重ねのパンケーキがおいしいよ」

勧められたとおり、パンケーキと紅茶のセットを頼む。

運ばれてくるまで、舞台の感想を言い合った。

物語の舞台は百年以上前の社交界。愚かなる王太子が、言語を理解し、長年国を守護していた聖獣に追放を言い渡すところからストーリーは始まる。

聖獣がいなくなった国は大騒動となり、国王から「王太子は責任を取って、聖獣に扮するように！」と命じられる。

偽物聖獣である王太子が、健気《けなげ》におかしく演じるという喜劇だった。

「王太子扮する聖獣が、野太い声で遠吠《とおぼ》えをあげる場面、本当に面白かったよね」

「ええ、久しぶりにお腹《なか》を抱えて笑いました」

「そっか、よかった」

マントイフェル卿は頬杖《ほおづえ》をつきながら、甘ったるい顔で私を見つめていた。

愛しい人を眺めているかのような視線だったので、気まずくなって慌てて顔を逸《そ》らす。

「楽しんでくれたようで何よりだよ。ずっと心配だったんだ。君は自分のために生きていないような気がしていたから」

その言葉を聞いた瞬間、思わず口に手を当てる。どうしてそのことに気付いたのか。

驚きのあまり声をあげそうになった。

「ララ、君はもっと、自分を大切にしたほうがいいよ」

「わかっています。レンもおりますので、健康を第一に――」

「違う。君は君のために、自分を大切にしないといけないんだ。それが人生というものなんだよ」

誰かのために生きていたら、知らぬ間に自分という存在を雑に扱い、酷く消耗してしまうのだと指摘される。

「僕もかつて、母のために生きなければいけない時期があった。けれどもおかしいと気付いたときには、大きく歪《ゆが》んでいたんだ」

そもそも自らの異変は自分で気付かないといけない。

けれどもその当時のマントイフェル卿は、自分自身の歪《いびつ》さを自覚できていなかったようだ。

「ゴッドローブ殿下に拾ってもらってからは、まあ、マシになったかな。それまでたらい回しに遭って、落ち着かない毎日が続いていたんだ」

私を見ていると、昔の自分のようだと言われてしまう。

無理しているように見えるのが痛々しくて、放っておけないようだ。

「もっと楽に生きなよ。人生は長いんだから」

私は今度こそ、フロレンシと共に生き抜く決意を固めた。

そのためには、肩の力を抜く期間というのも大切なのかもしれない。

「そう、ですわね。わたくし、少しだけ頭が固くなっていたのかもしれません」

ただ、今は苦しみの中で生きているわけではない。

ビネンメーアという国で、優しい人達と共に幸せに暮らしている。

「わたくし、思っていたよりも世界が優しいことを知ったんです。今の暮らしにもとても満足していて、これ以上何か望むものなどないくらいで――」

時間が巻き戻る前と比べて辛くはないし、苦しくも悲しくもない。

私達姉弟《きょうだい》を虐げる人達はいないし、ガッちゃんが酷使されるような仕事を振られることもない。

幸せだと言えるだろう。

「ですから、そこまで心配なさらないでくださいね」

「うん、わかった」

ここで初めて、マントイフェル卿は安堵したような表情を見せてくれた。

「ララ、今、困っていることはない？」

「いいえ、まったく」

「何かあるんじゃないの？」

「ぜんぜん思いつきません」

フロレンシは侯爵家の支援を受け、かなりレベルの高い教育を受けている。

私自身だって侯爵夫人のもとで、のびのび働いていた。

これ以上望むものなんてない。

「そっかー」

「どうしてそのようなことをお聞きになるのですか？」

「いや、ララに大きな恩を売って、尊敬されたいなー、って思ったものだから」

今現在、誰かの助けなんて必要としていない。

「侯爵夫人のおかげで、不自由のない暮らしをしておりますので」

「残念だな。あ、そうだ。旦那さんは？　あんまり大きな声では言えないけれど、ヴルカーノに忍び込んで、こっそり処分できるよ」

こっそり処分するというのは、暗殺するという意味だろう。なんて恐ろしいことをさらりと言うのか。

さらにそれは、小首を傾げながらする提案ではない。

「けっこうです」

「なんで？　酷い目に遭っているのに、この世からいなくなってほしいとか、一度も思わなかったわけ？」

「犯罪ですので」

「思うくらいだったらタダだし、罪にはならないよ」

たしかに、誰かの死を願うだけならば、罪ではない。

それでも、私はこれまで、誰かの命が尽きてほしいなどと思ったことはなかった。

「わたくしの知らないところで、誰にも迷惑をかけずに生きてほしい、くらいは考えたかもしれませんが」

「ララは優しいんだね。涙が出そうだ。君は生まれてから結婚するまでは、優しい世界で生きてきたんだろうね」

マントイフェル卿の言うとおり、メンドーサ公爵家で育った私は優しい世界の住人だっただろう。

時間が巻き戻る前の人生も、父が亡くなるまでは幸せだったから。

「……僕も、優しい世界で生きられるかな？」

「大きな幸せを望まなければ、あなたも優しい世界の住人になれると思います」

ようは気の持ちようなのだと私は思っている。

不幸だ、不幸だと嘆くばかりでは、すぐ傍にある幸せや他人の優しさになんか気付けないのだ。

私の言葉を聞いたマントイフェル卿は、目を丸くして見つめてくる。

「わたくし、変なことを言いましたか？」

「ぜんぜん！　そっか。別に、難しいことじゃないんだ」

マントイフェル卿は憑《つ》き物が落ちたようなスッキリとした顔で、何度も頷いていた。

彼の深い事情は知らないが、悩み事がひとつ解決したようでよかったと思う。

そんな会話をしているうちに、マントイフェル卿がオススメしてくれたパンケーキが運ばれてくる。フワフワとしたボリュームのあるパンケーキが三段重なっていた。

ヴルカーノでは薄いパンケーキが主流なので、その見た目にまず驚いてしまう。

「こんなに生地が膨らんだパンケーキは初めてです」

「そうなんだ。ここ最近は、こういうのが流行《はや》っているみたいだね」

ビネンメーアでも、ここまで分厚いパンケーキはこれまでなかったという。

「フランデーヌ王国の王女だった王妃殿下が久しぶりに故郷のパンケーキを食べたいって言ったのがきっかけで伝わって、瞬く間に流行ったみたい」

「そのような経緯《いきさつ》がありましたのね」

温かいうちにどうぞ、と勧められたのでいただく。

ナイフを入れると、驚くほどやわらかい。フォークで突き刺したときも、これまでのパンケーキと異なることがわかる。

シロップやジャム、生クリームなどが用意されていたが、まずはそのまま食べてみよう。

ドキドキしながら頬張る。

すると、舌の上でシュワッと消えて優しい甘さが口の中に広がっていく。

これまで食べた覚えがない、新感覚のパンケーキだった。

「ララ、どう？」

「信じられないほどフワフワで、とってもおいしいです……！」

「そう、よかった」

ここで、マントイフェル卿のもとには紅茶しか運ばれていないのに気付く。

まだ一口も飲んでいないようで、カップから湯気が立ち上るばかりだった。

サービスで出されたサブレすら食べていない。

「あの、マントイフェル卿はパンケーキを頼まなかったのですか？」

「うん、僕はいいよ」

「甘い物が苦手……というわけではありませんよね？」

侯爵邸にやってきたときは、私が作ったチュロスにチョコレートをたっぷり付けて食べていた。

甘い物好きなのだとずっと思っていたが、今日は食が進まないのか。

なんだかひとりだけ食べるというのも悪い気がしてくる。

と、ここである提案をしてみた。

「マントイフェル卿、パンケーキを一口食べてみませんか？」

「君のパンケーキを、僕にくれるの？」

「ええ」

そこまで変な提案ではないのに、マントイフェル卿は顎に手を当てて考え込むような素振りを見せる。

私も改めて考えてみた。

一口あげるということは、私がパンケーキを切り分けてマントイフェル卿の口へ運んであげないといけない。

俗に言う、「あ〜ん」というやつだ。

それを、恥ずかしげもなく「一口食べませんか？」と言ったのだ。

フロレンシではあるまいし、他人でしかないマントイフェル卿に対して大胆な提案をしてしまった。今になって、盛大に照れてしまう。

「あ、あの、今の発言はなかったことに――」

「一口もらおうかな」

え!?　と驚きの声をあげそうになった口を、慌てて塞ぐ。

自分で言ったのに、びっくりするなんてありえないだろう。

まさか、本当に食べるなんて夢にも思っていなかった。

言うだけ言って、ひとりだけパンケーキを食べる罪悪感から解放されようと思っていたのだ。

発言には責任を持たないといけない。

震える手でパンケーキを切り分け、生クリームをたっぷり載せた。

フォークに突き刺し、マントイフェル卿へと差しだす。

「ど、どうぞ」

「ありがとう」

マントイフェル卿は身を乗り出し、パクりとパンケーキを食べた。

口の端に生クリームが付いたが、ペロリと舐《な》める。

赤い舌がちらりと覗いた瞬間、まるで見てはいけないものを目にしてしまった気がして、慌てて目を逸らした。

「うわあ、これは世界一おいしいパンケーキだな。ララが食べさせてくれたからに違いない」

「おおげさですわ」

動揺を悟られないように言葉を返したのに、早口になってしまった。

パンケーキを食べ終えたマントイフェル卿は、とてつもなく心が満たされたような様子でいた。

やはり、彼は甘い物が大好きなのだ。

よほどおいしかったのか、幸せそうに目を細めている。

少し、瞳が潤んでいるのは気のせいだろうか。

「また、食べさせてほしかったな」

それはもう二度と叶《かな》わないことに対する言葉のように聞こえてしまう。

いつもの調子がいい彼ならば、「もう一口！」くらい言いそうだが。

「僕も、ララが教えてくれた優しい世界の住人になりたかったのに」

その言葉はほの暗く、夢も希望もないような声色だった。

いったいなぜ、そのようなことを言うのか。

マントイフェル卿の顔を見た瞬間、衝撃の場面を目にしてしまう。

「……げほ！」

マントイフェル卿は口元を手で覆い、一度だけ咳《せ》き込んだ。

真っ赤な何かが、滴り落ちてくる。

あれは――血だ。

マントイフェル卿は吐血したあと、そのまま倒れてしまった。

「なっ!?」

一瞬、何が起きたのかわからなくなる。

けれども体は勝手に動いていて、倒れたマントイフェル卿のもとへ駆け寄った。

眉間にぎゅっと皺《しわ》を寄せ、苦しげな表情でいる。息が詰まるような激しい呼吸を繰り返していた。

「マントイフェル卿、大丈夫ですか!?　マントイフェル卿!!」

肩を叩きながら声をかけるが返事はない。瞼《まぶた》は閉ざされ、すでに意識はないと言っていいだろう。

急いで体の向きを変えなければ、息が詰まってしまう。

まずは顔を横に向け、左右の腕を胸の前に持ってくる。

見た目はすらりとしていて細く見えるのに、いざ持ち上げたら丸太のようにずっしりと重たい腕だった。

両膝を立てて肩を掴む。そのまま膝を横に倒しながら、肩をぐっと持ち上げた。

マントイフェル卿は見た目に反して体が重たく、なかなか横向きにできない。

「う、うううう!!」

『ニャ!!』

ガッちゃんが手伝うと言ってくれた。

マントイフェル卿の膝に糸を巻き付け、一緒に引っ張ってくれる。

すると体が横向きになった。

これは以前、父が吐血したさいに、お医者様から教えてもらった体位変換法である。この体勢でないと、血の塊を吐いたときに、喉に詰まって窒息する可能性があるのだ。

父の体で練習したときは簡単にできたのに、マントイフェル卿はびくともしなくて驚いた。

手伝ってくれたガッちゃんには感謝しかない。

マントイフェル卿は何度か咳き込み、血を吐き続ける。

背中を摩《さす》りながら、思いっきり叫んだ。

「誰か!!　誰か来てくださいませ!!」

このような大きな声を出したのは、生まれて初めてである。

貴族女性が大声を出すのははしたない、と教わったが、今はマントイフェル卿の命がかかっていた。なりふりなんて構っていられない。

すぐさま店の給仕係が駆けつけてくれた。

「いかがなさいましたか？」

「彼がパンケーキを食べたあと、血を吐いて倒れたんです！　お医者様を呼んでください！」

給仕係はこくりと頷き、すぐさま駆けていった。

マントイフェル卿は血を吐かなくなったものの、今度はガタガタと震え始める。

少しでも温まるように、腕や背中を強く摩った。

いったい誰が、彼をこのような目に遭わせているのか。

歯がゆい気持ちで医者の到着を待った。

十分後――やってきたのは騎士隊の制服に身を包んだ、四十代前後の男性だった。

お医者様ではなかったので、驚いてしまった。

「彼は、マントイフェル卿かね？」

「はい、そうです」

騎士の男性はマントイフェル卿の脈を取ったり、額に手を当てたり、瞼を開いて瞳孔を確かめたり、医者がするような動作を見せていた。

さらに、銀色の缶を取り出し、中に入っていた軟膏《なんこう》をマントイフェル卿の唇に塗る。

すると、マントイフェル卿の荒い息が整い、まるで眠っているかのような状態になった。

「私は騎士隊に所属する隊医だ。怪しい者ではないから心配しないように」

「は、はい」

何も言っていないのに、私の疑問なんぞお見通しだったようだ。

騎士隊のお医者様だと聞いて、ひとまず安堵した。

マントイフェル卿には痛みを抑える鎮静剤と睡眠薬が混ざったものを与えたようだ。

その場しのぎの処方なので、治ったわけではないらしい。

隊医の先生は懐から魔法陣が描かれた布を取り出し、マントイフェル卿の口に付着した血を拭う。

何か呪文を唱えていたようだが、何も変化はない。

「これは……毒ではない？」

独り言のような呟《つぶや》きだった。

「マントイフェル卿はパンケーキを食べた途端、吐血したと言っていたね？」

「はい」

隊医の先生は立ち上がり、テーブルを眺める。

「手前にマントイフェル卿が座り、奥に君が座っていた？」

「ええ、そうです」

「マントイフェル卿の前にパンケーキがないということは、君が分け与えたのだな？　さらに君も同じパンケーキを食べたと」

　こくりと頷くと、隊医の先生はフォークを手に取って凝視する。

「もしもパンケーキに毒が混入されていたら、この銀のフォークは黒くくすむだろうし、君自身も無事ではない。まあ、君が毒を仕込んでいなければ、という前提の話になるが」

「わたくしではありません！」

「だろうな」

　私も容疑者のひとりだろうが、隊医の先生は私が犯人だとは思っていないようだ。

「つまり、パンケーキが原因ではない、ということですか？」

「その可能性が高いというだけだ」

　隊医の先生が腰からぶら下げていた鈴を手に取って鳴らすと、隊員達が次々と入ってくる。

　マントイフェル卿は丁重に運び出されていった。今から騎士隊へ連れ帰り、治療を行うらしい。

「君も同行してもらう」

「はい」

　騎士が私の左右に立ち、どうぞと導かれる。

　これから事情聴取を受けるのだろう。無罪を証明するため、大人しく同行することとなった。

◇　◇　◇

それから私は客間のような部屋に通され、女性騎士から事情聴取を受けた。

思ってたよりも丁重な扱いで、騎士達が去っても施錠はされていなかった。

私が犯人だと疑われているわけではないようだ。

それから三時間も放置され、いてもたってもいられなくなる。

マントイフェル卿の容態も気になっていた。部屋の外に出ると、年若い女性騎士が二名立っていて、「いかがなさいましたか？」と声がかかった。

「あの、マントイフェル卿がどうなったか、ご存じですか？」

「治療を受けていると聞いております」

どうやら彼女達も、詳しい話は知らないようだ。

「もうしばし、こちらでお待ちください」

「はい」

もしかしたら今日は帰れないかもしれない。

そう思って、侯爵夫人に手紙を送りたいので、便箋を用意してもらえないか頼み込む。

「申し訳ありません。現在、ご夫人は外との接触を控えるよう、上から命令が出ておりまして」

「はあ……。では、どなたか私とマントイフェル卿の現状をファルケンハイ侯爵夫人に伝えていただくことはできますか？」

「それでしたら可能です」

私とマントイフェル卿を取り巻く状況については詳しく話せないようだが、ある事件に巻き込まれて、しばらく帰れそうにない。心配はしないでほしい、という伝言を言いに行ってくれるようだ。

フロレンシは驚くだろうが、私を信じて帰りを待ってくれるだろう。

それからというもの私はガッちゃんと共に、夜になるまでこの部屋で待機することとなった。

食事やお菓子、紅茶などが運ばれてきたが、とても口にできるような状態ではない。

ガッちゃんもマントイフェル卿が心配なのか、大好きな角砂糖を与えても食べようとしなかった。

想定外の事件に巻き込まれ、自分でも信じられないくらい動揺していた。

イルマを手にかけたのはマントイフェル卿ではないのか、という情報の真偽を調べるために彼との外出をしただけなのに。

まさか、マントイフェル卿の命を狙う者が現れるなんて。

犯人はいったい誰なのか。

彼の交友関係について把握していないので、容疑者すら立てられない。

ため息ばかり吐く私のもとに、想定外の訪問者がやってくる。

先に女性騎士がやってきて、驚くべきことを耳打ちした。

「ゴッドローブ殿下が夫人と話したいそうです。すでにいらっしゃっております」

「まあ！」

王弟であり、マントイフェル卿の護衛対象であるゴッドローブ殿下がいらっしゃるなんて。

驚きのあまり目を丸くしていたら、ゴッドローブ殿下が優雅に現れた。

「あなたとは初めまして、かな？」

「は、はい。ララ・ドーサと申します」

「ヴルカーノの貴族だと、リオンから聞いていますよ」

どうやらマントイフェル卿は私について、ゴッドローブ殿下に話していたらしい。

いったい何を聞かせているというのか。胃がジクジク痛んできた。

「今回のことはとても驚いたでしょう？」

「はい」

「リオンについては心配はいりません。原因はわかりましたし、治療も成功しました」

彼が吐血した理由は、驚くべきものだった。

「リオンが血を吐いて倒れたのは、何者かから受けた呪いのせいだったようで――」

想定外の原因に言葉を失ってしまう。

魔法文化が失われて久しい時代に、呪いで人をどうにかしようという事件が起こるなんて信じられない。なんでもビネンメーアには、古《いにしえ》の時代に魔法使いが残した呪具が多く残されているらしい。

呪具に詳しい魔法使いがいない以上、使用や売買を禁じているようだが、それでも呪具を使った事件が起きるようだ。

「幸いにも、王家が保管していた呪いに関する魔技巧品《まぎこうひん》のおかげで、解呪に成功したようです。大量に吐血したので今は起き上がれる状態ではありませんが、二、三日したら、元気になるでしょう」

それを聞いて、張り詰めていた心が和らいでいった。

「隊医曰《いわ》く、かかった呪いは吐血させて窒息させるものだったみたいです。君が正しい応急処置を施していたおかげで、リオンは苦しまずに済んだと聞きました」

どうしてあのように咄嗟に動けたのか。ゴッドローブ殿下からの質問に対し、父が病気で、吐血することもあったからだと答えた。

「そうだったのですね。賢く、勇敢なご夫人が傍にいたリオンは、幸運だったとしか言いようがありません」

「わたくしはただ、知識として知っていただけですので」

「知識はあっても、想定外の状況を前に、的確な判断をし、動ける者は稀なのですよ」

マントイフェル卿の吐血を見てさほど動揺せずに動けたのは、父のことがあったからだろう。

別に経験があっただけで、褒められるような行為でもない。

会話が途切れたタイミングで、気になっていたことについて聞いてみた。

「あの……マントイフェル卿の命を狙った犯人の目星はついているのでしょうか？」

「それが、わからないのです。リオンはこれまで何度も、何者かに命を狙われていました。そのたびに調査をしたものの、尻尾《しっぽ》を掴むことができなくて」

「な、なぜ、マントイフェル卿は暗殺の対象になっているのですか？」

ゴッドローブ殿下は眉尻を下げ、困惑した表情で私を見つめる。

おそらく何か、簡単に口にできない、複雑な問題があるのだろう。

「あの、以前、マントイフェル卿がある裏組織に所属していて、秘密裏に行動している、という情報を耳にしたのですが、それは本当ですか？」

これに関しては、公妾だけでなく侯爵夫人も把握していた。

きっとゴッドローブ殿下も知っているだろう。

「ああ、それは単なる噂ですよ。リオンは悪い者との繋がりはなく、まっとうに生きている男です。王族である私が、嘘だと証明できます」

それを聞いて、ホッと胸をなで下ろす。

今日、マントイフェル卿と一緒に過ごして感じた印象は、明るく朗らかな人格を被《かぶ》り、本当の自分を隠しているだけの不器用な男性《ひと》、というものだった。

裏で悪いことをしているようには思えなかったのである。

「あの子は可哀想《かわいそう》な子なんです。物心ついたときから母親から抑圧を受け、その母親が亡くなってからは立場が揺らぎ、挙げ句の果てに命を狙われる」

食事に毒が混入されることは日常茶飯事だったらしい。

彼が優しい世界で生きたい、と望んだ理由を知ることとなった。

「だからリオンは他人と食事を取りません。お腹が空《す》いたらふらりとどこかに出かけて、食べ物を調達し、自分で調理します」

今日、彼が何も口にしようとしなかったのは、毒を警戒していたからなのだろう。

「ただ、君が勧めたパンケーキは食べたようですね」

「は、はい」

それだけでなく、私が作った朝食は普通に食べていた。その一件について伝えると、ゴッドローブ殿下は驚いた表情を浮かべた。

「リオンが他人の作った料理を食べるなんて、奇跡としか言いようがありません。よほど、あなたのことを信用しているのですね」

そうなのだろうか。いまいち、マントイフェル卿からの信頼など感じていなかったのだが。

「私が異国出身だったので、安全だと思った可能性もございます」

「いや、それはないでしょう。リオンは用心深い男ですので。やはり、愛ですよ」

その一言で簡単に片付けていいものか、疑問でしかない。

「とにかく、リオンの傍にあなたみたいな女性がいると知って、安心しました。彼については生まれた頃から見ていて、子どもがいない私にとっては、息子のような存在でしたので」

マントイフェル卿は長年、孤独な立場にいるのではないのか、と考えていた。

けれども、ゴッドローブ殿下のような優しい人が気にかけていたのだ。

「よかったら、今後もリオンを支えてください。もしも一緒になりたいと望むのであれば、手を尽くしましょう」

「いえ、その、わたくしは既婚者ですので」

「暴力を振るう夫から逃げてきたんですよね？」

「ええ……」

その辺の話も、マントイフェル卿から聞いていたようだ。

マントイフェル卿はゴッドローブ殿下を父親のように慕っているのだろうが、なんでもかんでも喋るのは止《や》めてほしい。

「結婚を無効にする方法はいくらでもありますので、気軽に相談してください」

「その、お気持ちだけいただいておきます」

話はこれで終わりのようだ。

立ち上がったゴッドローブ殿下は、マントイフェル卿の顔を見てから帰るようにと言ってくれる。

「リオンについて知りたいときは、本人の口から聞いてください。きっと、話してくれると思いますよ」

「は、はあ」

そんな言葉を残し、ゴッドローブ殿下は部屋から去っていった。


ゴッドローブ殿下から指示を受けていたのか。私が部屋から顔を覗かせると、女性騎士が一歩前に出てきて「マントイフェル卿のところまで案内します」と言った。

長い長い廊下を歩くこと五分ほどで、騎士隊の医務室に到着した。

そこは上官が使う個室のようで、他人の目が気にならないよう、配慮されているらしい。

中には誰かいると思っていたのに、寝台に横たわるマントイフェル卿以外いないようだ。

まだ意識は戻っていないようだが、心配ないという。

顔を少し見て帰ろう。そう思って覗き込んだところ、マントイフェル卿が喉を掻《か》き毟《むし》っている様子にギョッとする。

眉間に皺を寄せ、唸《うな》り声《ごえ》もあげているので、何か悪夢でも見ているのだろうか。

ひとまず止めないといけない。手を強く握って、彼の行動を制する。

すると、表情が穏やかになっていく。

ホッとしたのも束の間のこと。

マントイフェル卿が手を握り返してきたので、身動きが取れなくなってしまった。

頑張ったら振り解くこともできるだろうが、また喉を掻き毟ったら大変だ。

少しの間だけ、こうしていてあげよう。

寝台の傍に置かれた椅子に腰かけ、マントイフェル卿の寝顔を観察する。

化粧が落とされたのだろうか。いつもよりずっと顔色が悪い。

たくさん血を吐いたので、無理はないが……。

今日一日で、彼について多くのことを知ってしまった。

たった一回の外出で、ここまで深入りすることになるとは思ってもいなかった。

いったい誰が、彼の存在を脅かしているというのか。

「うっ！」

マントイフェル卿がもぞりと動き、閉ざされていた瞼を開いた。

「……ララ？」

「はい、そうです！　お医者様を呼びましょうか？」

「大丈夫。もう平気だから」

自分の体のことなので、よく理解していると言う。

「あれ、君の手……どうして握っているんだろう？」

「喉を掻き毟っていたので、わたくしから握りました」

「ああ、そう」

なんでも深い湖に落ちて、溺れる夢をみていたらしい。

湖で溺れると聞いて、イルマの事件を思い出してしまった。

「ララ、どうかした？」

「いえ……つい、イルマさんの事件を思い出――」

言いかけた口を慌てて塞ぐ。マントイフェル卿の前でイルマの名前を出してしまうなんて……！

今日一日、さまざまなことがあったため、頭の中がぐちゃぐちゃだったのだ。

「君はもしかして、イルマの事件について調べたいから、僕とデートしてくれたの？」

「そ、それは――」

「当然、僕がイルマを殺したんじゃないかって話も聞いているよね？」

「……はい」

正直に認める。おそらく適当にはぐらかしても、マントイフェル卿は私の嘘を見抜くだろうから。

「信じてくれるかわからないけれど、僕はイルマを殺していない。彼女は妹みたいな、かわいい存在だと思っていたんだ。それ以外の感情はなかったよ」

「そう、だったのですね」

「うん。でも、イルマはそうじゃなかった」

イルマはマントイフェル卿をひとりの男性として、心から愛していた。兄のように思い、慕っているわけではなかったのだ。

「このままではいけないと思って、冷たく接していたんだ。けれどもイルマが僕を嫌うことはなかった」

お飾りの、形だけの妻でもいいから傍にいたい。イルマはそう望んでいたという。

「イルマは王族――エンゲルベルト殿下と結婚させるために、幼い頃から教育を施してきた女性だったんだ。侯爵家が、僕との結婚なんて認めるわけがなかった」

「しかし、マントイフェル卿はイルマさんの婚約者だった、と聞いていたのですが」

「非公式なものだったんだよ。いつかイルマが諦めると信じて、婚約者の振りをしていたんだ」

つまりマントイフェル卿や侯爵家は、イルマの結婚に対して本気ではなかった。

これまで明かされていなかった真実に、言葉を失ってしまう。

「イルマは年を重ねるごとに病弱になっていって、途中からエンゲルベルト殿下と結婚させるのは難しいと判断されたようなんだ」

幼少期から抱える持病も悪化し、長くは生きられないだろう、というのが医者の診断だったという。そこで侯爵はマントイフェル卿に、可能であれば婚約者ごっこを続けてほしい、と頼み込んだようだ。彼の存在が生きる希望になればいい、と考えていたらしい。

「ただ僕は、それに同意できなかった」

その気がないのに、花盛りの女性の時間を奪い続けるわけにはいかない。

本当にイルマを愛してくれる男性を探し、結婚させるほうが幸せなのではないか、と思うようになったのだとか。

「いつ、婚約を解消してもらおうか。そういう僕の出す空気を、イルマは敏感に感じ取っていたらしい」

イルマは去りゆくマントイフェル卿に、愛の告白をした。

「ここでこっぴどく振っておかないと、イルマはずっと僕に執着する。そう思って、彼女を突き放すような言葉をぶつけてしまった」

それを、マントイフェル卿はずっと後悔することになる。

なぜならばイルマはその日の晩、湖で足を滑らせ、翌日に帰らぬ人となって発見されてしまったから。

「イルマはショックを受けて、身投げしてしまったんだ。彼女の名誉のために、〝事故〟だと処理されたようだけれど……」

自分がイルマを殺したようなものだ、とマントイフェル卿は物憂げな表情で呟く。

マントイフェル卿はイルマを手にかけた犯人ではない。

きちんと話を聞いて、確信することができた。

「こんなことを聞かされても、信じられないよね」

「いいえ、信じます」

「どうして？」

「わたくしが日々、目にしてきたマントイフェル卿は、誰かを手にかけるような人物ではないと思ったからです」

これでも人を見る目があるのだ、と宣言すると、マントイフェル卿は瞳をぱちくりさせていた。

「君は僕が恐ろしいとは思わないの？」

「そう感じないために、今、こうして話しているのでしょう？」

たしかによく知らない相手なら恐ろしい。けれども言葉を重ね、相手がどういう人なのかわかっていったら、恐怖を感じることはない。

「ララ、これからも傍にいて。僕が極悪人でないか、しっかり君の目で確認してほしい」

それは暗闇を歩き続けた彼が見つけた唯一の希望のような、切実な懇願だった。

これまでマントイフェル卿が演じていた人格に騙され、本当の彼が見えていなかった。

マントイフェル卿の本心を知ってしまった今、見ない振りなんてできない。

「わたくしでよければ」

そんな言葉を返すと、マントイフェル卿は安堵したように微笑んだのだった。

「マントイフェル卿、もう少し休まれたほうがいいかもしれません」

「ねえララ、リオンって呼んで」

「それは……」

「お願い。呼んでくれたら、いい子で眠るから！」

どこの世界に、いい子を自称する二十六歳、成人男性がいるというのか。

呆れてしまったものの、今日くらいは優しくしてあげてもいいだろう。

「リオン様、今日はゆっくりお休みになってくださいませ」

「様はいらないよ。呼び捨てでいい」

ゴッドローブ殿下が息子みたいだと言って目をかけている男性を、呼び捨てになんてできるわけがない。

「これ以上の我《わ》儘《まま》は聞けません」

そう言って立ち上がったが、マントイフェル卿は握った手を放さなかった。

「だったらララ、僕が眠るまで傍にいて。闇に呑《の》み込《こ》まれてしまいそうだから」

その願いだけは叶えてあげよう。そう思い、再び腰を下ろした。

フロレンシを寝かしつけるときのようにお腹をぽんぽん叩いてあげると、マントイフェル卿はあっという間に眠りに就く。

きっと眠たいのに私がいるから、頑張って起きていたのだろう。

朝までぐっすり眠れますように、と祈ってしまった。

今日は本当に大変な一日だった。

もうこれ以上、マントイフェル卿が酷い目に遭いませんように。
そう、願ったのだった。

番外編　お庭ピクニックと、狩猟シーズンのイノシシ狩り

季節は巡り、長く厳しい冬から、暖かな風が吹く春が訪れる。

庭に敷物を広げ、フロレンシとピクニックをしよう、と約束していたのだ。

ふたりっきりで過ごすはずだったのだが、先日、フロレンシがマントイフェル卿《きょう》を誘ってしまった。

そのため、三人で楽しむこととなったのだ。

正直に言えば、フロレンシとゆっくり過ごしたかったのに、という気持ちがあった。

けれどもフロレンシはマントイフェル卿に懐いており、非常に楽しみにしていた。

悔しいけれど、私ひとりではこのようにフロレンシをわくわくさせることなんてできない。

今日ばかりは、マントイフェル卿を大切なお客様として迎えるつもりである。

おもてなしの料理を作るため、早起きをして料理の下ごしらえを行う。

鍋でニンジン、タマネギ、ジャガイモを煮込み、オーブンには火を入れて温めておく。パイやパンの生地を仕込み、魚に下味を付ける。他にもいろいろとやることがあった。

朝食はパンとジャム、ココアだけと軽く済ませておいた。昼食が豪勢なので、これくらいでちょうどいい。

フロレンシはピクニックが楽しみで仕方がないらしく、いつもより早く目覚めたようだ。

それだけでなく、料理を手伝うと言って朝からはりきっていた。

「お母さん、リオンお兄さんがやってくるまでに、お料理頑張りましょうね」

「ええ。お手伝い、頼みますよ」

「任せてください！」

ガッちゃんも協力してくれるようで、フロレンシと一緒に拳を掲げていた。

朝食を終え、食後の紅茶を堪能したあと、台所へと移動する。

まず、フロレンシにはガッちゃんと一緒にジャガイモを洗うよう、お願いしておいた。

まずはミートパイから取りかかる。豚肉を粗くひき肉状にし、刻んだニンジン、タマネギ、マッシュルームに塩コショウを振って炒《いた》めた。火が通ったら、ブイヨンとトマトの水煮を加え、水気がなくなるまで火を入れる。

パイ用の皿に具を入れ、その上に刻んだチーズをふりかける。さらにパイ生地を被《かぶ》せて焼いたら、ミートパイの完成である。

できたてアツアツがおいしいので、まだ焼かないでおく。

先に、別の料理を仕上げよう。

続いて取りかかるのは、煮込んでいた野菜を使った料理。水気がなくなったものに塩、コショウでしっかり味を付け、オリーブオイルで炒めたニンニクを加えてさらに加熱する。

野菜の形がなくなるまで煮込んだら、料理の付け合わせの完成だ。これは肉料理と食べるとおいしいのだ。

「お母さん、ジャガイモ、きれいに洗えました」

『ニャア！』

「ガッちゃん、レン、ありがとうございます」

ジャガイモは皮のままスライスし、オリーブオイルを塗った鉄板に並べていく。そこにお腹《なか》にタイムを詰めた白身魚を三匹置いて、オリーブの実を散らす。白身魚の上にオリーブオイル、パプリカ、パセリ、パン粉を振りかけて窯で焼いたら、白身魚とジャガイモの天火焼きが仕上がる。

メインはフロレンシのリクエストである。

先日、侯爵夫人と出かけたさいに、骨董《こっとう》市に立ち寄ったらしい。そこでヴルカーノの伝統的な料理に使う蓋付きの卵型の陶器を発見し、買ってもらったようだ。

それは蒸し焼きに使うもので、器ごと窯に入れて蒸し焼きにして調理する。

今日使うのは、料理長のトニーが仕入れてくれたひな鳥。

香草などをまぶし一晩寝かしたひな鳥をタイムと一緒に油紙に包み、陶器の器に入れ、水で溶いた小麦粉を縁に塗り、しっかり蓋をする。完全な密封状態にし、旨《うま》みをぎゅっと閉じ込めるのだ。

これを窯で焼いたら、ひな鳥の陶器焼きの完成だ。

ここから怒濤《どとう》とも言える、窯での焼き物が始まった。

パイにパン、陶器焼きに天火焼きと、次々と加熱していく。

焦げないように気を付けながらも、食後のお楽しみを作るのを忘れない。

デザートはカスタード・プティングと一週間ほど熟成させていたドライフルーツのケーキ。

これだけ用意していたら、フロレンシやマントイフェル卿もお腹いっぱいになるだろう。

フロレンシはガッちゃんと協力し、庭に敷物を広げてくれている。

今日は少し日差しが強いので、大きな日よけの傘を並べ、フルーツ入りの冷たい紅茶を作ったら、ピクニックの準備は整ったわけだ。

マントイフェル卿は時間どおりにやってきた。

「本日はご招待にあずかり、心から光栄に思います」

「リオンお兄さん、いらっしゃい！」

フロレンシは両手を広げ、マントイフェル卿へと駆け寄る。

マントイフェル卿はしゃがんでフロレンシの歓迎を受け入れていたが、ほとんどぶつかるようにして胸に飛び込んでいたのに、びくともしなかった。さすが騎士、と言えばいいのか。

ここ数日、マントイフェル卿はゴッドローブ殿下の外遊旅行に同行していたらしく、フロレンシにお土産《みやげ》を持ってきてくれた。

中に入っていたのは、ブリキ製の馬に跨《また》がった騎士のオモチャである。

ガッちゃんには真珠の形をした砂糖を渡していた。

「ララへのお土産もあるよ」

懐から取りだした包みを受け取る。

「わたくしの分まで、ありがとうございます」

「いえいえ！」

フロレンシがキラキラした瞳で、何が入っているのか確認するように急《せ》かす。

一言断ってから開封すると、中からいい香りがする石鹸《せっけん》が出てきた。

「わあ、お母さん、お花みたいないい匂いがします」

「本当に」

薔薇《ばら》を模《かたど》った薄紅色の美しい石鹸であった。なんでも薔薇の芳香を閉じ込めた一品らしい。

保湿効果も高く、肌がすべすべになるようだ。

ここ最近、水仕事のしすぎなのか手が荒れていた。ありがたい贈り物である。

「とても嬉《うれ》しいです。マントイフェル卿、大切に使いますね」

「喜んでくれて嬉しいよ」

なんでもマントイフェル卿は、私が受け取ってくれるか心配だったらしい。

「侯爵夫人からの贈り物でさえ、遠慮してなかなか貰《もら》ってくれなかったって話を聞いていたから」

「あれは、極めて高価なものだったからですわ」

私だって、贈り物というのは好意の塊であることくらい理解している。そうでない贈り物があることも、見抜く能力だってあるつもりだ。

ただ、侯爵夫人が贈ってくれた真珠の半一揃《デミ・パリュール》えだけは話が別だろう。あのように私の身の丈に合わない品物は、いくら好意があったとしても、躊躇《ためら》ってしまうのだ。

「侯爵夫人が教えてくれたんだ。ララは高価な品は受け取ってくれないだろうから、ありふれているけれど、いい品を選ぶといいって。そのとおりだったな」

「侯爵夫人はお見通しだったわけですのね」

「ああ、そうみたいだ」

マントイフェル卿に気を遣わせてしまったようで、申し訳なくなる。

何はともあれ、この石鹸は大切に使わせていただこう。

フロレンシがピクニックの会場へと案内してくれる。会場といっても、庭に敷物を広げ、パラソルを広げただけのものであるが。

「リオンお兄さん、こちらへどうぞ！」

「レン、ありがとう」

楽しそうなレンの横顔を見ていると、マントイフェル卿を招待してよかった、と思う。彼にとって楽しい一日になりそうで、感謝の気持ちがわき上がってくる。

「マントイフェル卿、今日は楽しんでくださいね」

「ありがとう。君からそう言われるなんて、思ってもいなかった！」

「どう思われていたのですか？」

「レンとの間に割って入る邪魔者かと」

どうやら私が考えていることは、マントイフェル卿には見透かされていたようだ。これに関しては、私の普段からの挙動が原因だろう。心の中で反省をする。

まずはフルーツ入りの紅茶を振る舞う。

「冷たい上に、フルーツが入っている紅茶だって？」

「ええ、おいしいですよ」

温かい紅茶しか飲まないビネンメーアの人達にとって、冷たい紅茶は茶葉への冒瀆《ぼうとく》に思えるのかもしれない。けれどもこれがおいしいのだ。

マントイフェル卿は恐る恐る、といった様子で口を付ける。

「うわ、これ、とってもおいしい！ よくこんなものを思いついたね」

「わたくし達の国には、〝サングリア〟と呼ばれる、フルーツ入りのお酒があるんです。そこから着想を得て、作ってみました」

以前、父が元気だった頃に飲んでいたサングリアを、フロレンシが羨ましがったのだ。

そこで、似たような飲み物を作ってみようと決意し、完成させたものである。

フロレンシもおいしそうにごくごく飲んでいた。

「ララが行動を起こす動機のすべては、レンにあるんだね」

「ええ、当然です。わたくしはレンの、家族ですから」

危うく姉と言いそうになったが、寸前で呑《の》み込《こ》んだ。これまでずっと母子《おやこ》の設定を貫いていたというのに、気が抜けていたようだ。

それだけ、マントイフェル卿との会話で緊張が解《ほぐ》れた状態にあったのだろう。

彼はもっとも警戒が必要な相手なのに、どんどん私の懐に入り込んでくる。このまま深い付き合いを続けていたら、うっかり本音を零《こぼ》してしまいそうだ。気を付けておかないと。

「料理を持ってきますので、ここで寛《くつろ》いでいてくださいね」

「手伝うよ」

「いいえ、けっこうですわ」

思いのほか、言い方がきつくなってしまった。マントイフェル卿に弱みを見せないように、と考えていたので、そうなってしまったのかもしれない。

申し訳ない気持ちになったものの、当のマントイフェル卿はにっこり微笑《ほほえ》んでいた。

「だったら、甘えようかな」

気にしている様子はなかったので、心の中でホッと胸をなで下ろす。

フロレンシと一緒に料理を運び、敷物の上にどんどん並べていく。

「ものすごいごちそうだ！」

「たくさん召し上がってくださいね」

マントイフェル卿に、これだけの料理を用意するのは大変だっただろう、と言われる。

「レンやガッちゃんも手伝ってくれたんです。なんてことありませんわ」

「そっかー。ありがたくいただくよ」

ミートパイを切り分け、白身魚の天火焼きの横に野菜の付け合わせを添える。かごに山盛りになったパンも、好きなだけどうぞと勧めた。

本日の目玉は、フロレンシがリクエストしたひな鳥の陶器焼きである。

「リオンお兄さん、このお料理はご存じですか？」

「いいや、知らないな。初めて見るよ」

「そうなんですね！」

フロレンシは嬉しそうに、料理の説明をする。

「これはヴルカーノの伝統的な陶器焼きと言いまして、器を割って食べるんですよ」

「えー、そうなんだ！」

陶器焼きに使う器は料理用に薄く仕上げられており、使い捨てとなっている。

まず、器を布で包んだ状態で、割っていくのだ。今日はフロレンシがその作業を担当する。

「金槌《かなづち》でどんどん叩《たた》いてから食べるんです」

金槌を持つフロレンシは少しふらついていて、ケガをしないか心配になった。けれども今日は好きにさせよう。そう思って見守る。

フロレンシは金槌を大きく振り上げ、「えい！」と声をあげながら振り下ろす。

すると、ガチャン！　と器が割れる音が鳴り響いた。

ゆっくり布を開くと、ほどよく割れていた。中から油紙に包まれたひな鳥が登場する。

マントイフェル卿とフロレンシのお皿にそれぞれ載せ、トリュフのソース——は用意できないので、ポルチーニキノコで作ったソースをかける。

「リオンお兄さん、食べてみてください」

マントイフェル卿はフロレンシに勧められるがまま、ひな鳥を頰張《ほおば》る。

「うわ、信じがたいくらいやわらかい！」

マントイフェル卿が百点満点な反応をしてくれたので、フロレンシはとても嬉しそうだった。

「ビネンメーアにもひな鳥を使った料理があるけれど、ここまで肉をやわらかく感じたことはないなー」

陶器焼きを堪能してくれたようで、何よりである。

それからというもの、マントイフェル卿は料理を食べるたびに、おいしいと大絶賛してくれる。

私が照れてしまうくらい、褒めちぎってくれるのだ。

「お母さんはお菓子だけでなく、お料理も世界一だってことを、リオンお兄さんにもわかっていただけてとても嬉しいです」

フロレンシの言葉に、マントイフェル卿は至極真面目な表情で頷《うなず》いていた。

「いやー、ララの料理はどれも本当においしかった」

「ヴルカーノ風の料理がお口に合ったのでしょう」

「そうかも！　見た目も華やかだし、おいしくて最高だな」

ヴルカーノとビネンメーアでは、食生活が大きく異なっている。この国にやってきて、特別な日以外は普段、温かい料理を食べるのはお昼だけ、というのも驚いた。

朝と晩は冷たい食事《カルテスエッセン》と呼ばれる、ハムやパン、ビスケットなど、火を使わない料理を食べて済ますことが多いのだ。

「ヴルカーノは食事の回数が多いんだよね」

「ええ。人によりけりですが、最大で六食食べます」

朝食は〝デサユノ〟といい、チュロスやロールパン、クロワッサンなどのペストリーにあつあつのココアやコーヒー、ホットチョコレートなどを合わせる。

「早朝から働く使用人などは、〝オンセス〟と呼ばれる午前のおやつと、〝アルムエルソ〟と呼ばれる早めの昼食を食べます」

オンセスはサンドイッチやクッキー、アルムエルソはオムレツやソーセージ、揚げパンなどを食べるようだ。

「通常の昼食は〝コミダ〟といって、お昼を過ぎた頃に食べます」

コミダは冷菜《エンドゥレメス》と呼ばれるサラダから始まり、メインの魚や肉料理を食べ、デザートは絶対に外せない。

そのあとは午後の軽食《メリエンダ》でお茶やお菓子を楽しみ、夕食《セナ》の時間を迎える。

ヴルカーノ人はビネンメーア人の倍、食卓を囲んでいることになる。その事実にマントイフェル卿は驚いているようだった。

「そんなに食べて、ララはその体型をよくキープしているね」

マントイフェル卿の視線が下から上にと移動していたので、咳払《せきばら》いをして抗議の意を示す。

「別に、たくさん食べなければいいだけの話なんです」

「そういうわけかー」

マントイフェル卿はヴルカーノの食文化に興味津々な様子だった。

「食事の回数が六回もあることといい、陶器焼きの文化といい、いろいろと勉強になるよ」

陶器焼きはどんなときに食べるのかと聞かれ、フロレンシが元気よく答える。

「本当は、狩猟館で食べるごちそうなんです！」

「ああ、なるほど。狩ってきた獲物を、その日に調理して食べるわけか」

「そうなんです」

狩猟シーズンになると、毎年領地へ赴き、家族みんなで過ごしていた。

そのときに食べた陶器焼きの味が、フロレンシは忘れられないという。

「お祖父《じい》さんが、大きなイノシシを狩った日の夕食が、陶器焼きだったんですよ」

フロレンシが言うお祖父さんというのは、父のことに違いない。ここまで役作りができているなんて、我が弟ながら優秀すぎる。私だったらうっかり父と言っていただろう。

「こ――んなに大きなイノシシなんです」

フロレンシは腕を広げただけでなく、その場でぴょんぴょんと跳びはねた。それくらいしないと、大きさが伝わらないと思ったのだろう。

大型のイノシシは大味で、肉も硬い。けれども陶器の中で蒸し焼きにすることにより、肉質がやわらかくなっていたのだろう。フロレンシだけでなく私も、おいしかったと記憶している。

それは二年前の話で、母が亡くなる少し前だった。それから父も病気になり、狩猟どころではなくなってしまった。

フロレンシにとって狩猟シーズンに陶器焼きを食べた思い出は、唯一の家族全員が楽しく過ごしたものだったのかもしれない。

「リオンお兄さん、ヴルカーノのイノシシはとっても凶暴で、槍《やり》で攻撃しながら狩るんですよ」

「へえ、それはすごいな」

「はい！　イノシシは本当においしくって、楽しい思い出でした」

「だったら、イノシシ狩りに行く？」

「え!?」

フロレンシはすぐに返事をせず、私のほうを見た。

「あの、マントイフェル卿、ご迷惑なのでは？」

「大丈夫だよ。侯爵家が王都近郊に狩猟館を持っていて、シーズンになったら狩りをしに行っていたはず。毎年狩猟大会に招待されているんだけれど、一度も参加したことがなくって、そろそろ断るのが申し訳なくなっていてさ。今年も開催するのか、侯爵夫人に聞いてみるから」

フロレンシが私をじーっと見つめていた。親である私が許可しないと、行けないことは彼も理解しているのだろう。

正直、これ以上マントイフェル卿と関わり合いになるのはどうかと思うが、フロレンシにはたくさんのことを経験させてあげたい。

天秤《てんびん》にかけた結果、私はマントイフェル卿の申し出を受けることにした。

フロレンシが大喜びしていたので、私の判断は間違いではなかったのだな、と思う。

お腹がいっぱいになったフロレンシは、ガッちゃんと追いかけっこを始める。その様子を見ながら、マントイフェル卿へ感謝の気持ちを伝えた。

「マントイフェル卿、今日はありがとうございました」

「お礼を言いたいのはこっちのほうだよ。料理はおいしかったし、楽しい話も聞けたし」

「狩猟大会のことも含めてですわ。あんなに楽しそうなレンは久しぶりに見たものですから」

お礼をしたいと申し出ると、今度でいいから一杯の紅茶が飲みたい、と彼は言う。それくらいならば、お安い御用であった。

そんな感じで、ピクニックは楽しい一日となった。

◇◇◇

それからとんとん拍子に話が決まっていった。

ちょうど、侯爵家の狩猟大会が開催される前だったらしく、翌週には出かけることとなった。

狩猟館は馬車で一時間半ほど走った先にある。侯爵夫人と共に馬車に乗り込んだフロレンシは、瞳をキラキラ輝かせながら窓の外の景色を堪能していた。

マントイフェル卿の誘いを受けてよかったな、と思ってしまう。彼については、私個人が強く警戒していたらいいのだろう。

狩猟館のある森へ行き着く。そこは自然豊かな場所で、空気もきれいだった。

立派な狩猟館の周囲には、高くそびえるレンガの塀《へい》があった。野生動物が敷地内に侵入しないように作られたものらしい。それほど、この辺りは多くの動物達が生息しているようだ。

現地でレイシェルと会う。久しぶりだったので、手と手を取り合って喜びを分かち合った。

婚約者とも初めて挨拶する。人のよさそうな男性で、レイシェルとお似合いだった。

フロレンシは遊びに来ていた子ども達と、楽しそうに遊んでいる。追いかけっこをしている姿は年相応の子どもに見えて、なんだか嬉しかった。

他にも、侯爵家に関わりのある人々が大勢参加していた。

ここ数年、侯爵夫妻は不参加だったようだが、三年ぶりに夫婦が揃《そろ》ったようだ。

侯爵にお会いするのは初めてである。侯爵はグレイヘアの髪を撫《な》で上《あ》げ、口元に立派な髭《ひげ》を蓄えた紳士で、実年齢よりもかなり若く見えた。

遠巻きにいる女性数名は愛人らしい。今日は侯爵夫人がいるので、傍《そば》にいないようだ。

侯爵はにっこり微笑みながら挨拶をしてくれた。

「ああ、君がララさんか。初めまして」

「初めまして、ララ・ドーサと申します」

「側付きを置いたという話は聞いていたが、こんなに美しい女性《ひと》だったとは！」

侯爵は私の手を握ろうと腕を伸ばしてきたが、その瞬間にバッと扇が広げられる。

侯爵夫人が侯爵から私を守るように、間に立ってくれたようだ。

「ララには指一本触れさせないわ」

「何を言っているんだ！　ただ挨拶をしていただけだろう！」

「そんなことを言って、私の侍女を何人もそそのかしたでしょうが！」

侯爵夫人は威嚇するように侯爵を睨《にら》みつつ、私の腕を取る。

「うちの人がごめんなさいね」

「い、いえ」

私ひとりだったらあしらえなかっただろう。侯爵夫人が傍にいてよかった、と心から思う。

「あら、ライルがいるわ。初めてだったわよね？」

「はい」

「紹介してあげるわ」

ライルというのはレイシェルの従兄《いとこ》であり、侯爵の補佐を務める次期当主である。

ウォルナットカラーの髪はきっちり整えられ、銀縁眼鏡《めがね》の向こうにある瞳は涼しげで、クールな印象がある男性だ。年齢はたしか、三十前後だとレイシェルが話していたような。

「ライル！　久しぶりね」

「お祖母様《ばあさま》はすっかりお元気になられて、何よりです」

「ええ、本当に。長い間、心配をかけたわね」

侯爵夫人が私の背中をそっと押したので、一歩前に出る形となる。

「今日は彼女を紹介しようと思って。私の側付きをしてくれている、ララさんよ。ララさん、彼は私の孫のひとり、ライルというの」

彼は銀縁眼鏡の鼻にかかる部分を指先で押し上げながら、自らを名乗る。

「初めまして。ライル・フォン・ファルケンハイ＝ベルクと申します」

ベルクというのは伯爵の爵位で、侯爵家の次代当主である者に与えられる儀礼称号だという。

伯爵は厳格な人物のようで、大勢の愛人を連れてやってきた侯爵とは大違いであった。

「ど、どうも初めまして、ララ・ドーサです」

伯爵から値踏みするような視線が突き刺さる。

そういえば以前、レイシェルが伯爵と侯爵を二で割ったらちょうどいい人物になるのではないか、と話していた。本当に、そのとおりだと思ってしまう。

初対面だというのに、伯爵はにこりとも笑わないどころか、睨むように私を見ていた。

「ライルったら、ララさんをそんなに見つめて。話をしたいんだったら、ララと一緒にお茶でも飲む？」

「それは――」

「ダメ！」

私と伯爵の間に割って入ってきたのはマントイフェル卿だった。

「ララは僕とお茶を飲むんだ」

「貴殿はドーサ夫人と茶の約束をしていたのか？」

「してない」

「ならば、横入りする権利などないだろうに」

伯爵とマントイフェル卿の間に火花が散る。

「あなた達、ここでケンカはよしてちょうだいな。せっかく狩猟に来たのだから、大きな獲物を得たほうがララとお茶をするのはいかが？」

いったいなぜ、そのような展開になってしまったのか。理解ができない。

けれども伯爵とマントイフェル卿は互いに睨み合いながら、勝負すべく狩りへと出かけてしまった。

侯爵夫人は困った表情で森へ向かう彼らの背中を見つめる。

「ライルとリオンって、昔から相性が悪かったのよね」

「そういうわけでしたか」

なんでも水と油みたいな関係らしい。ライルが狩猟大会にやってくるのも久しぶりだったようで、ふたりが顔を合わせてしまったようだ。

「まあ、ふたりともいい大人だからそこまで酷《ひど》い展開にはならないと思うわ」

「え、ええ……」

それから五時間後、先に伯爵が戻ってきた。

なんと彼は、クマを仕留めていた。

「生まれてから、二、三年くらいの雌のクマです。さほど大きくはありませんが、肉はやわらかく、美味だろう」

成獣になったばかりの個体だろう。さほど大きくないと言っていたが、それでも小柄な成人男性ほどの大きさがある。

思いがけない獲物を前に、侯爵も驚いていた。

「これはたまげたな。この辺で仕留めたクマを見たのは、三十年ぶりだ」

毎年、大型の獲物といったらシカくらいだったらしい。

しばし、伯爵は誇らしげな様子だったが、それもマントイフェル卿が登場するまでだった。

「あ、リオンお兄さんが帰ってきた！」

フロレンシが指し示した方向には、逆光の中、戻ってきたマントイフェル卿の姿があった。

「な、なんなの、あれは!?」

侯爵夫人の疑問に、私は答えられないでいた。

なぜならば、マントイフェル卿の背後に山のように盛り上がった大きな塊があったから。

大きさにして、馬車の車体くらいだろうか。

ごしごしと目を擦《こす》ってもう一度確認する。どうやら、マントイフェル卿が何かを引きずっているようだ。

私よりも先に、フロレンシが気付いた。

「お母さん、リオンお兄さん、大きなイノシシを仕留めたみたいです」

我が耳を疑うような言葉だったが、たしかにマントイフェル卿はとてつもなく大きなイノシシを仕留めていた。

当然、伯爵の雌熊よりもふた回り以上大きい。

私とフロレンシを見つけたマントイフェル卿は、にっこり微笑みながら声をかけてきた。

「ララ、レン、ただいま！　イノシシを捕まえてきたよ！」

到底人力で運べるような大きさではないように見えるのだが、マントイフェル卿は涼しい顔をしながら運んできていた。

当然ながら、狩猟大会はマントイフェル卿の勝利となる。

「まさか、ライルが熊を仕留めていたなんて」

「貴殿に負けないよう、一生懸命熊の巣穴を探したのだが」

伯爵は悔しそうにしていた。一方、マントイフェル卿は輝かんばかりの笑みを浮かべている。

「じゃあ、僕はララと一緒にお茶でもしますか！」

「あの、マントイフェル卿、優勝の景品が紅茶一杯でいいのですか？」

「もちろん。ララが淹《い》れてくれた紅茶は世界一だから、光栄の至りだよ」

マントイフェル卿はそう言って、太陽よりも眩《まぶ》しい微笑みを浮かべたのだった。


こんな感じで、狩猟大会は幕を閉じる。夕食はイノシシのフルコースで、満足いくまで堪能させていただいた。

メインは陶器焼きを用意してくれたので、フロレンシも大喜びだった。

食後はフロレンシやマントイフェル卿とお茶やお菓子を囲み、楽しい時間を過ごしたのだった。

泥船貴族のご令嬢

～幼い弟を息子と偽装し、隣国でしぶとく生き残る！～

MFブックス

泥《どろ》船《ぶね》貴《き》族《ぞく》のご令《れい》嬢《じょう》～幼《おさな》い弟《おとうと》を息《むす》子《こ》と偽《ぎ》装《そう》し、隣《りん》国《ごく》でしぶとく生《い》き残《のこ》る！～ 1

2024年3月25日　初版第一刷発行

著者　江本マシメサ
発行者　山下直久
発行　株式会社KADOKAWA
〒102-8177　東京都千代田区富士見2-13-3
0570-002-301（ナビダイヤル）
印刷・製本　株式会社広済堂ネクスト
ISBN 978-4-04-683480-5 C0093

担当編集　森谷行海
ブックデザイン　鈴木勉(BELL'S GRAPHICS)
デザインフォーマット　AFTERGLOW
イラスト　天城望

本書は、「小説家になろう」（https://syosetu.com/）初出の作品を加筆の上書籍化したものです。
この作品はフィクションです。実在の人物・団体・事件・地名・名称等とは一切関係ありません。

ファンレター、作品のご感想をお待ちしています

宛先
〒102-0071　東京都千代田区富士見2-13-12
株式会社 KADOKAWA　MFブックス編集部気付
「江本マシメサ先生」係「天城望先生」係

二次元コードまたはURLをご利用の上
右記のパスワードを入力してアンケートにご協力ください。

https://kdq.jp/mfb
パスワード
ccvdm

● PC・スマートフォンにも対応しております（一部対応していない機種もございます）。
●アンケートにご協力頂きますと、作者書き下ろしの「こぼれ話」がWEBで読めます。
●サイトにアクセスする際や、登録・メール送信時にかかる通信費はご負担ください。
● 2024年3月時点の情報です。やむを得ない事情により公開を中断・終了する場合があります。

TVアニメ
2024年放送開始!
魔導具師ダリヤはうつむかない
～今日から自由な職人ライフ～
甘岸久弥
イラスト：駒田ハチ　キャラクター原案：景

新しい雇い主は、
偏屈オジサマ魔法使い!?
ほっこり異世界
再就職ファンタジー、
スタート!!
Story
三年間住み込みで働いた屋敷を理不尽に追い出されたルシル。彼女は新しい就職先を求めてド田舎にやってきたが、そこで紹介されたのは「余計なこと」を心底嫌う、気難しい魔法使いフィリスの屋敷だった。
何としても新しい職場を死守するべく、彼女は「余計なこと」地雷を回避するためにフィリスの観察を始める。
永年雇用は可能でしょうか
~無愛想無口な魔法使いと始める再就職ライフ~
yokuu イラスト:鳥羽 雨

アンケートに答えて
著者書き下ろし
「こぼれ話」を読もう！

「こぼれ話」の内容は、
あとがきだったり
ショートストーリーだったり、
タイトルによってさまざまです。
読んでみてのお楽しみ！

よりよい本作りのため、
読者の皆様のご意見を参考にさせて頂きたく、
アンケートを実施しております。

奥付掲載の二次元コード（またはURL）にお手持ちの端末でアクセス。

↓

奥付掲載のパスワードを入力すると、アンケートページが開きます。

↓

アンケートにご協力頂きますと、著者書き下ろしの「こぼれ話」がWEBで読めます。

- PC・スマートフォンに対応しております（一部対応していない機種もございます）。
- サイトにアクセスする際や、登録・メール送信時にかかる通信費はご負担ください。
- やむを得ない事情により公開を中断・終了する場合があります。

オトナのエンターテインメントノベル　MFブックス　毎月25日発売

MFブックス